SHELDON PARKS:
DAS TASSKI-INFERNO

SCIENCE-FICTION-ROMAN

PRONG PRESS

Sheldon Parks ist das Pseudonym eines Autors, der schon mehrere Romane veröffentlich hat.

IMPRESSUM
Alle Rechte vorbehalten
Copyright 2023: PRONG PRESS, 8424 Embrach ZH
Text: Sheldon Parks
Lektorat: Annamirjam Lütolf + PRONG PRESS
Cover: Anaëlle Clot, Lausanne
Druck: Medico Druck, Embrach
ISBN: 978-3-906815-50-3
1. Auflage März 2023

KAPITEL 1

Der Morgen dämmerte schnell heran. Das Gelände vor ihnen war eine einzige Wüste: Bombenkrater neben Bombenkrater, lauter verkohlte Fahrzeuge, zersplitterte Baumstrünke, diesiges Licht und Trümmer sowie schon stark zersetzte Leichen. Ein Gestank von frittiertem Öl, vermischt mit verbranntem Fleisch. Graue Wolken zogen tief über den Himmel. Ihre Schatten krochen wie Dämonen über das Gelände. Tamara kam durch den Zugangstunnel reingekrochen. «Da drüben hat es alle erwischt», sagte sie mit tonloser Stimme. «Marso, Pellert, Kain und Sarevski, alle vier sind tot.» Procter wollte gerade den Kopf schütteln, als De Boorst durch die Luke nach Westen zeigte und fragte: «Verdammt, aber wer ist dann noch da drüben?» - «Van Wessels, das kann nur dieser Trottel van Wessels sein. Was für ein hirnloser Idiot!» - «Van Wessels? Dann ist er so gut wie tot!», rief Gimenez. In genau diesem Moment ertönte ein lauter Knall. Van Wessels explodierte in einem Feuerball, er ging sofort in Asche auf. «Mausetot», meinte Procter lakonisch. «Diese verfluchten Tasskis», klagte Hoboken. «Madre Dios», bekreuzigte sich Gimenez. «Gott habe ihn selig.» - «Es gibt keinen Gott, Felipe», knurrte Baxter, «sonst wären wir alle nicht hier.» Dann drehte er sich um: «Nur gut, dass du es durch die Linien geschafft hast, Tamy.» - «Sie schwärmen immer erst im Morgengrauen aus. Ihre Sensoren brauchen Tageslicht. Nachts sind sie jetzt so gut wie blind.» - «Zum Glück haben sie kein Infrarot mehr drauf», meinte Procter. «Wenigstens ein Hoffnungsschimmer auf diesem verdammten Scheiss-Planeten.»

Schon über ein halbes Jahr waren sie nun mit ihrem Zug an diesem Frontabschnitt auf Tago-Mago II. Es war bereits der dritte Krieg auf diesem Planeten, man befand sich im siebten Jahr der Auseinandersetzungen. Zehntausende von Soldaten hatten ihr Leben verloren oder waren verkrüppelt von ihrem Einsatz zurückgekommen. Die Front verschob sich alle paar Wochen um wenige hundert Meter – falls sie sich überhaupt verschob. Dreizehn Mal waren sie in den letzten sechs Monaten vorgerückt, aber auch dreizehn Mal wieder zurückgekrebst. Die Verluste waren zwar nicht mehr so enorm wie zu Beginn ihrer Mission, aber immer wieder gab es Tage wie diesen, an dem sie fünf Kameraden verloren. Schon seit Wochen war auch kein Vorgesetzter mehr zu ihnen durchgedrungen. Sämtliche Leitungen waren ausgefallen. Nur Sergeant Tomer tauchte ab und zu bei ihnen auf. Tanja Tomer hatte als einfache Soldatin vor 15

Jahren an genau diesem Frontabschnitt im zweiten Tago-Mago-Krieg gekämpft. Tamara Too war die einzige Frau in der Truppe hier vorne und Tanja kümmerte sich rührend um sie. «Wir müssen zusammenhalten in dieser Männerbastion», hatte sie schon oft zu ihrer Untergebenen gesagt. Sergeantin Tomer schätzte die Soldatin Too sehr, denn sie war zäh, unheimlich wendig, wieselflink und keiner der Männer konnte besser mit der Waffe umgehen als sie. Procter hatte gestaunt, als sie eines Morgens zu ihnen an die Front kam. «Seht mal, unsere Nachzüglerin. Was will denn die Tussi hier?», meinte auch Hoboken. Doch schon an ihrem ersten Einsatztag hatte sie acht Tasskis abgeschossen, sich so umgehend Respekt bei den Männern verschafft. Und seit sie Hoboken, der über 120 Kilo wog, aus dem Sperrfeuer gezogen und ihm so sein Leben gerettet hatte, war sie in der Achtung aller Kameraden gestiegen – wie eine Leuchtrakete, die es sehr weit in den Nachthimmel hinauf schafft. Hoboken würde – wie alle anderen hier – für sie durch die Hölle gehen.

Hoboken hatte sogar Feuer für sie gefasst: Er war völlig in die zierliche Asiatin verknallt. Einmal, nachts, als sie gemeinsam Wache hielten, hatte er sie ausgefragt: «Wie hältst du es mit uns Primitivlingen hier nur aus, Tamy?» Sie hatte nur gelacht: «Weisst du Xaver, mir sind Kerle wie ihr viel lieber als die feinen Pinkel von Singapurs Wall Street, die nicht mal selber Feuer machen können.» Aber Hoboken wollte noch anderes von ihr wissen: «Und, na, nun, ich meine, wie steht es bei dir denn mit …» - «Du meinst mit Sex?» Hoboken nickte mit hochrotem Kopf. Sie lachte. «Nun, was denkst du denn, Xaver?» Er schwieg. «Also gut, ich sag's dir, Hobe: Die meisten hier sind doch entweder schwul, oder dann impotent – oder sogar beides. Und ehrlich gesagt, Hobe, bei all dem Dreck hier, dem Chaos um uns rum, der Feuchtigkeit und dem Schimmel habe ich ehrlich gesagt keine Lust, mir auch noch einen Tripper zu holen.» Dies war eine Anspielung auf De Boorst, der sich bei einer tago-magischen Nutte eine Geschlechtskrankheit geholt hatte. Was Tamara ihrem Kameraden nicht verriet, dass sie eine Vorliebe für die Tasskis hegte. Immer, wenn sie einem dieser teuflischen Maschinen das Lebenslicht ausblies, verspürte sie ein eigenartiges Ziehen in ihrem Unterleib.

Was sie Hoboken ebenfalls verschwieg, war eine kurze Affäre mit Admiral Hendricks, der im Generalstab sass. Der hatte eigentlich ein Auge auf Tanja Tomer geworfen, die schon beim letzten Krieg hier oben unter seinem Kommando gestanden hatte, aber die heisse Liebesnacht, die sie kurz vor ihrem Rückflug auf der Basis verbringen durften, war für sie Passé. Doch die paar Stelldicheins mit Tamara Too waren alle enttäuschend verlaufen: Entweder hatte er ihn nicht hochgebracht, oder dann war sie so müde, dass sie bereits schlief, als er vom Duschen zurückkam. Und in den letzten Wochen an der Front hatten sie sowieso keine Gelegenheit mehr dazu gehabt. Tamara war nicht dumm, sie brauchte deshalb nicht lange, um sich das Ganze zusammenreimen zu können. Ja, Tanja Tomer war immer noch äusserst attraktiv, sie konnte Sergeant Hendricks gut verstehen. «Wenn man von der Teufelin sprich», dachte Tamara, denn soeben hatte sich Sergeant Tomer per Funk bei ihnen gemeldet. Ab und zu funktionierte eine der Leitungen sogar noch. Sie war im Anmarsch auf ihren Bunker und sie mussten nun garantieren, dass ihre Vorgesetzte gefahrlos durch die Linien kam, auch, dass sich keiner der Tasskis zwischen ihnen und dem hinteren Frontabschnitt herumtrieb. «Nimm Hobe mit, Tamara», befahl Procter, «er soll dir Feuerschutz geben.» - «Aye, aye, Capitain», rief sie, obwohl Procter nur Korporal war. Procter musste lachen. Wie alle anderen hatte er die junge Soldatin ins Herz geschlossen. Er wusste auch, wie wertvoll Tamy für sie war, denn in Bezug auf die Tasskis besass sie den siebten Sinn:

Sie wusste immer ganz genau, wann und wo sich diese kleinen Tötungsmaschinen an sie heranschlichen.

Als die Sergeantin das letzte Mal bei ihnen im Bunker war, hatte sie ein längeres Gespräch mit der Soldatin Too geführt und dabei festgestellt, dass sie beide ganz ähnliche Charaktereigenschaften besassen. Sie reagierten hochsensibel auf Strahlungen jeglicher Art, hassten deshalb beide grosse Städte. Tanja hatte ihrer Untergebenen erzählt, dass sie nach der Rückkehr aus dem zweiten Tago Mago-Krieg von New York aufs Land nahe bei der kanadischen Grenze gezogen war. «All die Funkantennen und Netzkabel irritieren mich, ebenso sämtliche elektro-magnetische Wellen. Der Vorteil ist, dass wir die Tasskis sofort spüren, wenn sie im Anzug sind», meinte Tomer lächelnd. «Damals glaubte mir auch am Anfang niemand, dass sich die Dinger selber reproduzieren, aber ich konnte es beweisen. Und später habe ich dann ja die Tasski-Fabrik in die Luft gejagt.» Dass ihr Kamerad Esposito bei diesem Einsatz jämmerlich zu Tode kam, wollte sie der Soldatin Too nicht unter die Nase binden. «Es ist übrigens genau wieder so», erklärte Tamara ihrer Vorgesetzten. Sehen Sie sich das hier Mal an.» Sie holte halb angeschmorte Überreste aus einer alten Proviantbox hervor. «Sehen Sie, Sergeant, diese Teile stammen aus

dem Inneren eines Tasskis. Sie tragen die Seriennummer TSK-16-01. Diese hier jedoch TSK-16-05. Und die Qualität der zwei ist völlig verschieden. TSK-16-01 dürfte aus der Erstproduktion stammen, die vom gegnerischen Armeestab in Auftrag gegeben wurde. Aber TSK-16-05 hat viele Mängel: Die Nähte sind schlecht gelötet, das Blech ist nicht überall gleich dick, es hat auch Dellen und Schrunden drin. Das alles deutet auf eine Imitation der Imitation hin.»
Sergeant Tomer hatte damals diese Informationen an den Generalstab weitergeleitet, zu dem seit einigen Monaten auch Steven Hendricks, der frühere direkte Vorgesetzte von Tomer gehörte. Hendricks hatte genickt: «Ja, diese Scheisse kennen wir ja von unserem letzten Einsatz, nicht wahr, Sergeant Tomer.» Im Angesicht weiterer Mitglieder des Generalstabes wagte er nicht, sie mit ihrem Vornamen anzusprechen. Schliesslich wusste auch niemand, dass sie beide früher ein sexuelles Verhältnis eingegangen waren. «Wir müssen also diese Fabrik erneut ausschalten. Instruieren Sie ihre Leute, Sergeant.» Tomer nickte. «Ich weiss auch schon, wen ich damit beauftragen werde: Tamara Too ist am Besten für dieses Himmelfahrtskommando geeignet.» - «Geben Sie ihr einen der Männer als Begleiter mit, das hat sich ja damals auch bewährt.» Nun, für Esposito war

es das Todesurteil gewesen, dachte Tanja, aber sie schwieg. Endlich kam die Sergeantin durch den Tunnel in den Bunker. Ihr folgten Too und Hoboken, die sie durch die letzten Hindernisse gelotst und ihr dabei auch Begleitschutz gegeben hatten. «Leute, wir müssen diese Fabrik auskundschaften. Laut Drohnenbildern haben die Tasskis gleich drei Fabriken gebaut. Wir vermuten aber, dass nur eine aktiv ist. Deshalb müssen wir rausfinden welche. Danach werden wir über das weitere Vorgehen bestimmen. Soldatin Too, Sie kundschaften das aus. Ihre Fähigkeiten beim Aufspüren der Tasskis werden uns dabei helfen, denn sie werden genau merken, welche der drei Fabriken aktiv und welche nur Tarnung sind.» Verdammt clever von den Robotern, dass sie nicht nur eine, sondern gleich drei Fabriken errichtet hatten. Die Dinger haben einiges hinzugelernt. Das sah man auch sonst, da es neben den Infanterie-Tasskis und den Tasski-Minen nun auch noch Tasski-Würmer und Tasski-Drohnen gab. Beide neuen Modelle basierten auf dem *Infanteristen*, aber die einen konnten sich durch die Erde graben wie eine Wühlmaus, die anderen Flügel ausfahren und damit als Drohnen den Gegner beobachten. Zum Glück hatten sie noch keine Kombination von Minen- und Drohnen-Tasski zustande gebracht …

Die Sergeantin hatte kurz vor ihrem Besuch im Bunker noch Admiral Hendricks beraten. «Hören Sie, Tanja, ich habe neue Informationen von Sergeant Baxter», meinte er. Baxter hatte im zweiten Tago Mago-Krieg im selben Zug wie Tanja Tomer gedient und damals zu den letzten fünf Überlebenden gehört, die als Nachzügler von der Front abgezogen und dann ausgeflogen wurden. «Wie geht es James?», fragte die Sergeantin. «Ach, bei ihm ist alles in Ordnung. Aber er hat mir gemeldet, dass sie seit Wochen keine feindlichen Soldaten, sondern nur noch Tasskis an ihrem Frontabschnitt sehen würden. Wie steht es denn bei Ihnen, Tanja?» Sie hatte dasselbe festgestellt, ja, es waren eigentlich nur noch Roboter bei den Feinden im Einsatz. Sie bestätigte dies dem Admiral. «Gut, ich hab's mir schon gedacht. Nun, das wird eine weitere Finte von Jetson sein.» Diliver Jetson war der Generalstabs-Chef der Tago Mago-Armee. Er galt als enger Vertrauter von seiner Exzellenz Komaher, dem Alleinherrscher auf diesem Planeten. «Irgendetwas geht da drüben vor», sagte Hendricks ernst. «Es gibt sogar Gerüchte, die besagen, dass Jetson geheime Kontakte mit uns sucht. Aber leider wurde unser letzter Bote von einem Minen-Tasski in die Luft gesprengt, wir können also nur mutmassen ...» Dann erteilte der Admiral Sergeantin Tomer den Befehl, eine Erkundungsmission zu den drei möglichen Fabriken zu schicken. Ich weiss ja längst, wen ich schicken will, dachte Tanja.

«Also, Sie beide, Soldatin Too und Soldat Gimenez, Sie werden diese Späher-Mission durchführen. Wir müssen wissen, ob – und wenn ja – in welcher Fabrik die verfluchten Dinger produziert werden. Da Sie, Soldatin Too, die Schwingungen der Tasskis spüren, werden Sie sofort merken, wo unser Missionsziel liegt. Aber vorerst geht es wirklich nur darum, die Lage vor Ort zu sondieren.»

Ganz früh am nächsten Morgen, noch vor Anbruch der Dämmerung, machten sich Too und Gimenez auf den Weg. Im Abschnitt direkt vor ihrem Bunker waren schon seit Wochen keine Minen mehr gelegt worden, es kam höchstens vor, dass der eine oder andere Minen-Tasski sich dort rumtrieb. Da Tamara die Dinger immer sofort orten konnte, war es für die beiden Soldaten ungefährlich, noch ohne Tageslicht durch den Sektor zu schleichen. Gegen zehn Uhr machten sie eine Pause, tranken Tee aus ihren Bidons, assen Kraftriegel. Tamara verzehrte zwei, Gimenez ganze fünf Stück. «Habe richtig Hunger. Bin schon lange nicht mehr soviel gelaufen», erklärte der Kamerad. Ja, es stimmte, seit Wochen hatten sich ihre Erkundungsgänge auf eine ganz

enge Zone rund um den Bunker beschränkt. «Wenigstens liefern wir uns nicht mehr täglich Gefechte mit denen», meinte Tamara. Gimenez nickte. «Ja, auf diese Scheisse kann ich verzichten.» Soldatin Too musste lächeln: Selbst Gimenez, der ein glühender Katholik war, hatte in den letzten Tagen und Wochen zu fluchen begonnen. *Front-Koller* nannten das die Vorgesetzten. Und sie wussten, wenn auch die sonst *normalen* Soldaten damit begannen, dann konnte die Lage schnell für alle gefährlich werden, denn wenn sich Missmut und Schlendrian paarten, wurden oft die einfachsten Vorsichtsmassnahmen und lebenswichtige Regeln immer häufiger verletzt. Vermutlich waren so auch Marso, Pellert, Kain, Sarevski und Van Wessels ums Leben gekommen. Besonders bei Van Wessels war das überdeutlich, denn nach dem Tod seiner Kameraden hatte er den Kopf verloren und war einfach vor die feindlichen Linien gelaufen, als ob er so seinen Tod provozieren wollte.
Nach kurzer Pause schlichen Tamara und Gimenez weiter. Gegen Mittag hatten sie das Gelände erreicht, wo Sergeantin Tomer vor 15 Jahren die Fabrik der Tasskis in die Luft gejagt hatte. Unglücklicherweise war auf dieser Mission kurz vor Erreichen des schützenden Bunkers Soldat Esposito durch einen Minen-Tasski auf tragische Art ums

Leben gekommen. Er hatte bei der schrecklichen Explosion nicht nur beide Beine, sondern auf tragische Art und Weise auch den halben Unterleib verloren und Tanja Tomer hatte deswegen nicht die geringste Chance gehabt, ihn noch zu retten. Soldatin Too wusste von der Sergeantin persönlich, dass dieser Verlust sie immer noch belastete, selbst fünfzehn Jahre später.

Von der früheren Tasski-Fabrik waren nur verkohlte Trümmer übrig geblieben. «Hörst du, was ich höre?», fragte Gimenez plötzlich. Tamara lauschte angestrengt. «Tönt nach rauschendem Wasser – nur wo soll es hier einen Wasserfall geben?» Sie horchten beide angestrengt, aber auf einmal herrschte wieder Stille. Kein Vogel pfiff, keine Grillen zirpten, nicht einmal eine Mücke hörte man surren. «Wir müssen noch ungefähr zehn Kilometer nach Norden gehen», meinte Soldatin Too dann. Kurz nach vierzehn Uhr sahen sie die Silhouetten von drei grossen Gebäuden direkt vor sich auftauchen. Tasskis waren nirgends zu sehen. Im Schatten eines noch halb intakten Baumes, vermutlich eine hiesige Eiche, machten sie erneut Halt. «Bleib du hier, Felipe, und gib mir Deckung. Ich pirsche mich mal an das Objekt direkt vor uns ran. Ich glaube, dass dies unser Ziel sein wird.» Soldat Gimenez nickte. «OK. Falls was passiert,

schiesse ich zwei Mal hintereinander.» Schon war Tamara geduckt auf das mittlere der drei Gebäude zugerannt. Als sie es erreichte, hörte sie hinter sich Schüsse: Zwei, drei, vier. Sie blickte sich zu Gimenez um, der zeigte ihr mit seiner rechten Hand das Victory-Zeichen. Alles in Ordnung, na gut, dachte Tamara. Je näher sie an die Fabrik herangekommen war, desto stärker pulsierte ihr Herz. Und auch ihr Unterleib meldete sich. Das wird sie sein, dachte die Soldatin. Trotzdem ging sie zuerst nach links, um auch dort nachzusehen. Vor diesem Gebäude verspürte sie gar nichts. Dann kehrte sie zurück und ging nach rechts. Auch hier, keine Gefühle, null Emotionen, nichts.
Per Handzeichen verständigte sie ihren Kameraden. «Ich gehe da mal rein, schaue mich um», bedeutete sie ihm. Bei einem Lüftungsrohr bot sich eine gute Gelegenheit, denn ein halb verkohlter Baumstamm war gegen das rund vier Meter hohe Rohr gefallen und hatte sich darin verfangen. «Ich klettere hoch und zwänge mich oben durch», informierte sie Gimenez pantomimisch. Er hatte einen Mini-Feldstecher dabei und begriff, was sie vorhatte. «Gib mir eine halbe Stunde. Wenn ich dann nicht zurück bin, musst du Hilfe holen, verstanden?» Felipe nickte. Flink wie ein Wiesel kletterte Tamara den Stamm hoch, oben versperrte

ein feinmaschiges Gitter den Zugang zum Lüftungsrohr, wahrscheinlich um Asche oder sonstige Trümmerteile abzuhalten. Schnell hatte sie das Gitter aufgeschnitten und zwängte sich nun in das Rohr hinein, das etwa 35cm Durchmesser aufwies. Zum Glück bin ich so schlank, dachte Tamara. Sie befestigte ein Seil an einer Astgabel des verkohlten Baumes und liess sich dann ins Rohr hinuntergleiten. Unten angekommen musste sie nochmals ein Gitter beseitigen, aber dieses konnte sie leicht aus der Fassung drücken. Sie legte es beiseite, damit sie es später wieder einsetzen konnte. Rund einen Meter über dem Boden kam das Lüftungsrohr hier heraus. Sie liess sich auf den Boden fallen, dann schlich sie zum nächsten Verbindungsgang. Vor sich sah sie etliche Tasskis, die in die eine oder andere Richtung gingen., «Bingo», sagte Tamara leise, «da haben wir unsere Fabrik.»

Eine Viertelstunde später kauerte sie wieder neben Gimenez. «Das ist unser Ziel, Felipe», sagte sie leicht stolz. «Gut gemacht, Tamy; aber jetzt müssen wir den Rückweg antreten, sonst sind wir erst beim Bunker, wenn es schon eingenachtet hat.» Beide wussten, dass man in der Finsternis oft die Minen-Tasskis übersah. Ausserdem gab es jetzt noch die Würmer-Tasskis, die konnten jederzeit überall auftauchen. Die Dinger waren nicht nur beinahe lautlos und sehr schnell, sondern auch noch schwarz angemalt; bei Dunkelheit sah man sie häufig erst viel zu spät. Doch bevor sie losgingen, legte ihr Gimenez eine Hand auf die Schulter: «Hab was für dich, Tamy.» Bei diesen Worten überreichte er ihr einen hellen Gegenstand. «Sieht aus wie ein Metall-Ei. Wo hast du denn das her?» - «Einem der vier Tasskis abgenommen, die ich vorhin erledigte. Du sammelst das Zeug doch, da dachte ich, ich geb's dir.» Tamara lächelte. «Nett von dir Felipe, bekommst dafür meine Zigarettenration.»

Ohne weitere Zwischenfälle erreichten die beiden Soldaten noch vor Einbruch der Dunkelheit den schützenden Bunker. Der Gefreite de Boorst meinte: «Tomer wird zufrieden sein. Sie will morgen früh wieder zu uns stossen.» Nachdem sich Tamara unter der primitiven Dusche im Kabäuschen hinter dem Bunker gewaschen hatte, kehrte sie zu den Kameraden zurück. Gimenez erzählte gerade, wie er die vier Tasskis erledigt hatte. Dann berichtete Tamara von ihrem *Ausflug* ins Innere der Fabrik. «Ne ganze Menge Tasskis wimmelt da drin herum», meinte sie, während ihr Xaver Hoboken noch eine Tasse Kaffee einschenkte. «Das du noch schlafen kannst, Tamy», blinzelte er ihr zu. Sie spürte, wie sehr er sie begehrte. «Falls dem so ist, kannst du mir ja ein wenig Gesellschaft leisten – und vorlesen.» Hoboken war ein Liebhaber von klassischer terranischer Literatur. Er hatte eine zerfledderte Ausgabe von Philip K. Dicks Roman «Träumen Androiden von elektrischen Schafen» mit dabei und er konnte wirklich sehr gut vorlesen. Wenn man bei diesen viel zu seltenen Gelegenheiten als Zuhörer die Augen schloss, hatte man das Gefühl in einem Kleintheater zu sitzen, in dem ein professioneller Schauspieler eine Lesung abhielt. «Wollte früher zum Theater», hatte Xaver ihr mal erklärt. «Aber wir hatten kein Geld dafür. Meine Mutter zog mich und meine drei Schwestern alleine gross. Deshalb ging ich zur Army.» Es gab viele Männer und Frauen wie Xaver, die in den terranischen Streitkräften eine Heimstatt fanden, nicht zuletzt auch, weil sie dort oft noch eine kostenlose Ausbildung erhielten.

Wenn Xaver vorlas, dann schwärmte er immer zuerst vom Autor: «Er war einfach ein Genie und hatte es drauf!» - «Du weisst aber schon, dass er paranoid war und jede Menge Drogen einwarf, oder?», frotzelte sie jeweils. Und legte ihm dann zärtlich eine Hand auf seinen Bizeps. Hoboken liebte solche Momente. Er liebte diese Frau. Selbst in der ganzen chaotischen Kriegsscheisse, die um sie herum passierte.

Doch Xaver war viel zu schüchtern, um Tamara seine Liebe zu gestehen, geschweige denn ihr einen Antrag zu machen. Was soll sie mit mir anfangen, dachte er oft. Bin zu dick, zu schwabbelig, zu roh, zu primitiv für sie. Soldatin Too mochte den Koloss, aber für sie war er eine Art älterer Bruder, bei dem sie sich auch mal ausweinen konnte. Kurz vor ihrer Abreise nach Tago Mago II hatte ihr langjähriger Freund Erwing Chau mit ihr Schluss gemacht. «Will doch kein Jahr warten, bis du wieder da bist; wenn möglich noch als Leiche.» Aber Tamara Too hatte von der sino-pazifischen Union, zu der auch Singapur seit rund 200 Jahren gehörte, ein Stipendium bekommen. Deshalb wollte sie der Föderation etwas zurückgeben. «Wir können nicht immer nur nehmen und fordern, sondern wir haben die Pflicht, uns für das Gemeinwohl einzusetzen», sagte sie nicht nur zu ihrem Ex-Freund, sondern auch zu ihren Eltern, die ihre Entscheidung ebenfalls nicht verstehen konnten.

Am nächsten Morgen traf Sergeantin Tomer wie geplant bei ihren Soldaten im Bunker ein. Sie nahm den Bericht von Soldatin Too und von Gimenez entgegen. «Sehr gut. Missionsziel erfüllt. Dann werde ich das so an den Generalstab weiterleiten. Falls wir den Befehl bekommen, das Objekt durch Sprengung zu vernichten, werde ich Sie beide damit beauftragen.» Sie blickte zuerst Too, dann Gimenez ein paar Sekunden lang an. Keine 24 Stunden später war der Auftrag von oben genehmigt und die Sache wurde in die Wege geleitet.

KAPITEL 2

Tamara Too und Felipe Gimenez erhielten die letzten Instruktionen von ihrer Vorgesetzten. Sergeantin Tomer versuchte, ihre Nervosität zu verbergen. Sie wusste, wie gefährlich die Mission ihrer beiden Soldaten war, hatte sie doch vor 15 Jahren selber eine Fabrik der Tasskis ausgeschaltet. An die Gänge im Inneren der Fabrik erinnerte sie sich, als ob sie erst gestern dort gewesen wäre. Ebenso sah sie wieder Kamerad Esposito vor sich, auch durchlebte sie erneut jenen Augenblick, als ihm vom Minen-Tasski beide Beine weggesprengt worden waren. Was für ein Blutbad, schoss ihr durch den Sinn. Und auch jene eigenartige Bitte von Toni, sie solle ihn doch ein letztes Mal von Hand stimulieren, obwohl auch sein Geschlechtsorgan damals zerfetzt worden war …

«Überprüfen Sie nochmals Ihre Ausrüstung», gebot die Sergeantin den beiden Soldaten. Tamara hatte neben einer Tagesration Verpflegung, dem obligatorischen Medi-Kit, dem Bündel Sprengstoff samt Zünder, ihrem Kompass und der Wasserflasche nur noch das seltsame Ei mit in den Tornister gepackt. Jenes silberne Ding, das Gimenez beim gemeinsamen Rekognoszieren der Fabrik von einem zerstörten Tasski erbeutet hatte. Seit sie das silbern schimmernde Ei besass, spürte die Soldatin eine seltsame Erregung in sich. Sie hatte beschlossen, dieses Objekt zum Talisman zu machen. Insgeheim nannte sie das Ei «Yaki», was auf tago-magisch *kleines Ding* oder auch *Glücksbringer* bedeutete.

Gimenez hatte die normale Ausrüstung dabei. Zusätzlich wurden ihm von Korporal Procter noch ein halbes Dutzend Handgranaten zugeteilt. «Du nimmst sie, für Tamy wären sie nur hinderlich. Und mit der Sprengladung dürfte die verdammte Tasski-Fabrik nachher einem Trümmerhaufen gleichen.»

Es war selten, dass die Sergeantin im Bunker übernachtet hatte, aber sie wollte es sich nicht nehmen lassen, die beiden Soldaten persönlich in den Einsatz zu schicken. Kurz vor der Morgendämmerung brachen Too und Gimenez auf. Wenn alles klappte, würden sie gegen Mittag, spätestens aber um 13 Uhr Lokalzeit beim Zielobjekt eintreffen. Da in den letzten Tagen so gut wie keine Tasskis vor dem Bunker aufgetaucht waren – der Einzige, den Tamara mit einem gezielten Schuss erledigte – schien sich verirrt zu haben.

«Bei dem ist wohl eine Schraube locker, so wie er herumeiert», lachte de Boorst. Wie jedes Mal, wenn sie sich mit einem dieser kleinen Roboter mass, verspürte Tamy auch

in diesem Moment wieder eine leichte Erregung in sich aufsteigen. Wie wenn sie ein Liebhaber feurig küssen würde. Beim Schuss und der Explosion des Tasskis hingegen …
Too und Gimenez kamen gut voran. Schon kurz nach 12 Uhr mittags sahen sie die Umrisse der Fabrik vor sich. Es schien alles wie bei ihrem Erkundungsgang, doch Tamara hatte ein komisches Gefühl: irgendetwas Seltsames lag in der Luft, als ob sich die Szenerie verändert hatte. «Bleiben wir eine Viertelstunde hier und beobachten, ob was vor sich geht», sagte sie zu Gimenez. «Dein siebter Sinn?», fragte er nur. Sie nickte. «Ja, aber die Schwingungen entsprechen nicht jenen der Tasskis. Da ist etwas Anderes, Grösseres, Bedrohlicheres.» Sie hockten im Schatten der Eiche, tranken aus ihren Wasserflaschen, verspeisten die halbe Tagesration. Gimenez steckte sich eine Zigarette an. «Darf ich auch eine rauchen, Felipe?» Er schaute sie entgeistert an: «Du hast noch nie geraucht, Tamara!» - «Aber jetzt brauche ich eine, weiss auch nicht warum …» Er zückte seine Alu-Dose, in der er seine Kippen aufbewahrte und holte eine für sie heraus. Nachdem er ihr Feuer gegeben hatte, lehnte er sich zurück. Too zog hastig am Glimmstängel. «Tut irgendwie gut, obwohl es ja eigentlich Scheisse ist», meinte sie lachend. Gimenez lachte mit. Sie drückte die

Kippe aus, sagte: «So, dann will ich mal los. Du bleibst hier. Wir machen alles wie beim letzten Mal. Wenn ich in einer Stunde nicht wieder auftauche, dann gehst du zum Bunker zurück, dann ist mir etwas passiert.»

Beim letzten Mal hatte sie keine fünf Minuten gebraucht, um durch das Lüftungsrohr ins Innere des Gebäudes einzusteigen. Dieses Mal ging es noch schneller, weil das Schutzgitter oben an der Röhre schon von ihr demontiert worden war und unten musste sie es nur aus der Fassung heben. In den engen, niedrigen Gängen malte sie mit roter Kreide Markierungen an die Wände, damit sie nach dem Anbringen der Sprengladung wieder zum Ausstieg zurückfand. Sie liess sich von ihrem Instinkt leiten. Vermutlich hatten die Tasskis auch eine Art Mittagsruhe, denn ausser zwei kleinen Servicebots, die Tamara mit ihrem brandneuen Alpha-Taser geräuschlos ausschaltete, begegnete sie niemandem. Im Herzen der Anlage lief eine grosse Turbine, die wohl den Strom für die gesamte Fabrik erzeugte auf Hochtouren. Ein leises Wummern war zu hören. Als Too ihre Sprengladung am richtigen Ort angebracht hatte, drehte sie sich um – keine zwei Meter vor ihr stand ein Tasski. Er schaute sie direkt an. Tamara fühlte sich leicht schwindelig. Plötzlich jedoch öffnete sich vorne am Bauch des

Roboters ein Spalt und erstaunt erblickte die Soldatin ein silbrig schimmerndes rundes Ding, das langsam aus dem Inneren des Automaten herauszugleiten schien. Ein starker Schmerz zuckte durch ihre Oberschenkel und breitete sich in ihrem Unterleib aus. Reflexartig zielte Tamara mit dem Alpha-Taser auf den Kopf des Tasskis. Ein leises Surren ertönte, das Ding vor ihr erstarrte. Wie magisch von dem Ei angezogen, ging Soldatin Too auf den Tasski zu. «Reiss dich los, Tamy», sagte sie zu sich selbst, «du musst unverzüglich zurück!» Sie schob den deaktivierten Roboter schnell auf die Seite. Als sie seine metallene Schulter berührte, durchfuhr sie wieder ein starker Schmerz, allerdings gemischt mit Lust und Verlangen ... Eine halbe Stunde später war sie bei Gimenez angelangt. «Alles in Ordnung?», fragte er sie, «du siehst ein wenig bleich aus.» - «Muss an der Luft da drin liegen oder an all den Tasskis», meinte sie lächelnd. «Wir haben zwanzig Minuten Zeit, dann explodiert die Ladung. Schauen wir also, dass wir von hier wegkommen.»
Als sie vor einigen Tagen die Gegend rekognosziert hatten, waren sie südöstlich von ihrem jetzigen Standort auf ein System von ehemaligen Unterständen und Schützengräben gestossen. Dorthin wollten sich Too und Gimenez nun begeben, um in Deckung zu gehen. «Da drüben, dieser

Unterstand wäre ideal», meinte Felipe. «Gut, der Schützengraben davor ist ziemlich tief, da warten wir die Explosion ab.» Sie kletterten in den Graben, es roch faul, nach Schimmel, verfaulten Früchten und Exkrementen. Die beiden Soldaten kauerten sich auf den Boden. Keine drei Minuten später erfolgte die Explosion: Ein roter Feuerball schoss über die zerfetzten Baumstrünke in den grauen Himmel. Dann breitete sich ein dicker schwarzer Rauchpilz über der Einöde aus. Die Tasski-Fabrik war pulverisiert. Und dann fegte die Druckwelle unbarmherzig über sie hinweg. Steine, Äste, Erde, Asche, Blätter prasselten auf sie nieder. Tamara und Felipe warteten, bis sich oben alles beruhigt hatte. Sie klammerte sich an das silberne Ei, ihren Yaki-Talisman, den Glücksbringer. Es kribbelte sie in der Magengrube. Hab wohl vor lauter Aufregung zu wenig gegessen, dachte sie und holte einen Energie-Riegel aus dem Tornister. «Ich glaube, wir können los», meinte Gimenez.

Als sie beide aus dem Schützengraben kletterten, stieg plötzlich weisser Nebel überall aus dem Boden. Zu dieser Jahreszeit war es auf Tago Mago II in ihrem Frontabschnitt immer seht trocken. «Seltsam», sagte Tamara. «Und es riecht auch komisch», meinte Gimenez. «Wir wandern jetzt schnurstracks nach Süden. Ich gehe vor, bleib du hinter mir», gebot er. Sie nickte. Als sie einige Schritte gegangen waren, breitete sich der Nebel um sie herum aus. Ihr Kopf begann zu surren. Dann, aus heiterem Himmel, ein Stich in ihrem linken Oberschenkel, der sie nicht nur zusammenzucken, sondern in die Knie gehen liess. Sie wollte rufen, Felipe warnen, dass er stehen bleibe, aber kein Laut entfuhr ihrer Kehle. Sie zitterte, es schwindelte sie, ein starker Schmerz breitete sich in ihrem Unterleib aus. Auf einmal war sie nackt, lag mit Sergeant Hendricks im Bett, betrachtete sein Glied, das einfach nicht steif werden wollte. Dann hockte sie auf Erwing Chau, sie ritt auf ihm, blickte auf seinen drahtigen Körper, den flachen Brustkorb, sein kleines Schnäuzchen. Dann schritt sie durch die enge Gasse im Gewimmel von Alt-Singapur, Mangos reiften an den Sträuchern, sie hörte ein Geräusch hinter sich, ein unbekannter Mann packte sie, hielt ihr den Mund zu, drängte sie gegen die Steinmauer, riss ihr die Schuluniform vom Körper, betatschte sie, masturbierte, bis es ihm kam. Dann lag sie auf dem Bett, spürte, wie das Blut durch ihre Scham pulsierte, betrachtete sich unten im Spiegel, streichelte sich selber so lange das erste Mal, bis es ihr auch selber kam. Dann glitt sie mit dem Kopf durch die Schenkel ihrer Mutter ans helle Tageslicht, man hob sie auf, sie begann laut zu schreien.

Nebel, überall weisser Nebel. Und mitten darin ein riesiges Monster, ein Androide mit grauer Rüstung, er glich einem Samurai, trug einen monströsen Alpha-Taser, schritt über die Trümmerwüste, ohne Gesicht, mit grünem Gurt und dunkel-violetten Händen, schritt er dahin, immer weiter und weiter, verlor sich in der weiten weisse des Nebels, der nun alles umgab.

Tamara lauschte. Sie war wieder zu sich gekommen. Rief leise «Felipe, wo bist du? Hörst du mich?» Sie versuchte, aufzustehen und weiterzugehen, aber immer noch lähmte sie der Schmerz im Unterleib. Dann hörte sie ein Klacken, wenn jetzt Tasskis kommen, dann bin ich verloren, dachte sie. Nochmals ein Klacken, es waren Tritte, aber Tasskis waren doch viel kleiner, die hörte man kaum … Schon sah sie eine Gestalt, eine Figur, eine Silhouette nur aus dem Nebel auftauchen. Ein über zwei Meter grosser Kampf-Roboter schritt auf sie zu, hinter ihm tauchte noch einer auf, dann noch einer und dann ein Vierter. Sehen aus wie die von der tago-magischen Nationalgarde, dachte Tamara. Sie hielten keine Waffen in den Händen, der erste war ganz nahe zu ihr herangestapft, seine schweren Füsse bohrten sich in den staubigen Boden, hinterliessen Abdrücke bei jedem Schritt. Der erste dieser Androiden hielt ihr die Hand

hin, die sie – zögernd – ergriff. Er halt ihr tatsächlich auf. Sie spürte, wie eine kalte Kraft von ihm ausging. «Du mitkommen», empfing sie seine Schwingungen. Schon war sie von den vier Riesen umgeben, umzingelt, eingekeilt, was sollte sie tun, sie fühlte sich immer noch schwach, sie ergab sich, ging mit ihnen mit. Einer ging voran, einer zu ihrer Linken, einer zu ihrer Rechten, dann der vierte hinter ihr. Der vorne trug ihren Tornister, ganz einfach, das war für ihn ein kleines Säckchen, nicht schwer. Sie gingen und gingen, bis sie endlich aus dem Nebel herausgekommen waren. Keinem einzigen Tasski waren sie hier begegnet.
Auf einer Lichtung zwischen halb zerfetzten Bäumen stand ein Gleiter. Die vier Androiden mit ihr, Tamara Too, einer Soldatin der terranischen Invasions-Armee, gingen auf den Gleiter zu. Automatisch öffnete sich seitwärts eine ovale Türe. Die Androiden passten kaum hindurch, aber einer nach dem anderen traten sie über die Schwelle, nachdem sie Tamara hineingehievt hatten. «Willkommen bei uns, Soldatin Too», sagte eine tiefe männliche Stimme. Sie drehte sich um, doch bevor sie den Sprecher erkennen konnte, hatte man ihr einen schwarzen Sack über den Kopf gestülpt. «Keine Bange, Ihnen passiert schon nichts», fügte die Stimme beruhigend hinzu. «Ist eine reine Vorsichts-

massnahme. Entspannen Sie sich.» Sie hörte wie sich die Tür des Gleiters zischend schloss, dann wurde die Maschine angelassen, es begann zu Dröhnen, der Gleiter hob ab. Ein Senkrechtstarter, dachte Tamara. Schon seit vielen Monaten hatte man kein solches Gerät mehr an der Front gesehen. Der Flug dauerte sicher eine oder vielleicht sogar zwei Stunden. Sie versuchte, sich zu beruhigen: «Wenn man dich hätte töten wollen, dann wäre es schon lange geschehen.» Dann spürte sie, wie der Gleiter sank. Dieses Mal konnte er eine normale Landung machen. Auf einmal rumpelte es unter ihren Füssen, sie mussten auf einer Piste gelandet sein, der Gleiter gab Gegenschub, rollte dann auf der Landebahn langsam aus. Sie hörte, wie sich die Türen öffneten, man half ihr auszusteigen und sie wurde in ein Fahrzeug gesetzt, man fuhr los.

«Verdammt, Tamara, wo bist du?» Felipe suchte seine Kameradin nun schon seit Stunden. Er war vom Nebel völlig überrascht worden, hatte den Orientierungssinn verloren. «Ich hätte sofort stoppen sollen», machte er sich selber Vorwürfe. Aber er konnte nicht wissen, was mit Soldatin Too geschehen war. Plötzlich befand er sich wieder vor dem Unterstand, beim Schützengraben, in dem sie beide die Explosion abgewartet hatten. Er versuchte sich zu erinnern.

«Von da an sind wir direkt nach Süden gegangen.» Er orientierte sich mit seinem Kompass. Der Nebel hing immer noch in der Luft, aber nicht mehr so dicht wie während der letzten Stunden. Plötzlich entdeckte er ihre Spuren. Aber da, es sah aus, wie wenn Tamara hier auf die Knie gegangen wäre. Er entdeckte auch die Spuren ihrer beiden Hände und dann – grosse schwere Tritte von Unbekannten. Was hatte das zu bedeuten. Er folgte den Spuren, scheinbar mussten es mehrere gewesen sein. Riesige Abdrücke. Androiden! Das waren die Abdrücke von Androiden! Verdammt, noch nie hatte man solche in diesem Frontabschnitt gesehen. Er folgte den Spuren bis zu einer kleinen Lichtung zwischen halb zerfetzten Bäumen. Hier musste etwas Schweres gestanden haben. Ein Gleiter! Verdammt, was ging hier bloss vor?
Der Wagen hielt, man öffnete die Türe, führte sie hinaus. Sie wurde von einem oder zwei Männern begleitet, keine Androiden, denn ihre Tritte waren viel leichter. Eine Türe wurde geöffnet, man führte sie in ein Gebäude hinein, durch mehrere lange Gänge, dann stand sie plötzlich in einem Raum, in dem es stark nach Kampfer roch. «Bitte», sagte eine melodiöse Stimme. Tamara spürte, wie man ihr den Sack vom Kopf wegzog. Es war so hell hier drin, dass

sie sofort ihre Augen schliessen musste. «Guten Tag, Soldatin Too. Lassen Sie sich Zeit», sagte die Stimme sanft. Endlich hatte sie sich an das Licht gewöhnte, konnte ihre Augen öffnen. Ein in graue Uniform gekleideter Mann stand zwei Meter vor ihr, blickte sie freundlich an. Er hatte ein leicht eckiges Gesicht, wirkte drahtig und muskulös. Auf den Schultern seiner Uniform prangten mehrere Sterne. «Entschuldigen Sie unsere unhöfliche Art, Sie hierherzubringen, Soldatin Too.» Sie zuckte leicht zusammen. «Möchten Sie etwas trinken? Sie haben sicher Durst.» Der Mann klatschte in die Hände, eine Türe öffnete sich und ein Untergebener – ebenfalls in grauer Uniform – trat ein. «Adjutant Gomson, bringen Sie für die Dame hier einen Krug Eiswasser.» - «Zu Befehl, Herr General», antwortete der Adjutant und zog sich geräuschlos zurück.
Fünf Minuten später hatte Tamara die Karaffe in einem Zug geleert. Der General orderte nochmals eine Kanne. «Und bringen Sie ein paar Timtos mit», fügte er hinzu. «Ich nehme an, Sie möchten auch was essen.» Tamara hatte schon von diesem einheimischen Gebäck gehört, aber an der Front bekamen sie nur Soldatenfrass, sonst nichts. Die Timtos schmeckten ausgezeichnet, leicht salzig, aber auch leicht süss.

«Entschuldigen Sie mich, Soldatin Too, ich bin unhöflich. Ich habe mich Ihnen noch gar nicht vorgestellt. Mein Name ist Cherz Jetson, ich bin Berater im Generalstab der Tago Mago-Armee. Manche nennen mich den Rasputin von Ordo-Gan, aber ich bin überhaupt nicht gefährlich, höchstens für meine Feinde, zu denen ich Sie, Soldatin Too, nicht zähle», sagte er lächelnd. Tamara gefiel seine Stimme, sie spürte eine seltsame Verbundenheit mit diesem Mann vor ihr. Wasser und Gebäck hatten ihren Geist erweckt: «Wie haben Sie mich auf dem Schlachtfeld gefunden?», fragte sie frei heraus. «Gut so, Sie sind so direkt wie ich es von Ihnen erwartet habe.» Dann drehte sich Jetson um, ging einige Schritte nach rechts zu einem Pult, vermutlich seinem Arbeitsplatz, öffnete eine Schublade und entnahm ihm – ein silbriges Ei. «Wie nennen Sie Ihren? Yaki? Stimmt das?», fragte er schmunzelnd. Verdammt, das silberne Ding, ihr Talisman? Aber wie konnte dieser Jetson hier wissen, welchen Namen sie dem Ei gegeben hatte? Niemand wusste davon, keiner von ihren Kameraden, auch Sergeantin Tomer nicht. «Sie wundern sich vielleicht, aber nicht nur Sie, Soldatin Too, haben telepathische Fähigkeiten, sondern auch ich!»
Als Gimenez allein in den Bunker zurückkehrte, herrsche

Betroffenheit. «Verdammt, wo ist Tamy», fragten Procter und de Boorst gleichzeitig. Felipe musste zuerst Atem schöpfen, dann trank er eine halbe Flasche Wasser. «Sie ist entführt worden», stiess er dann hervor. «Entführt?», fragte Hoboken entgeistert. «Von wem denn? Sag schon Felipe!» Hoboken starrte ihn mit wütenden Augen an. «Tut mir Leid, Xaver, aber wir sind in einen verfluchten Nebel geraten …» - «Nebel? Um diese Jahreszeit? Das gibt es doch nicht!», rief Hoboken da. «Ich weiss, aber ich glaube, dass es künstlicher Nebel war.» - «Ihr wurdet eingenebelt?», liess Procter verlauten. «Ja, es hat so komisch gerochen. Und der Scheiss-Nebel war unmittelbar nach der Explosion in genau dem Gebiet aufgetaucht, in dem wir uns vor der Druckwelle in Sicherheit brachten.» - «Dann müssen die gewusst haben, wo ihr seid», folgerte Procter. «Aber wie ist das möglich?» Gimenez schüttelte den Kopf: «Madre Dios, was weiss denn ich, keine Ahnung. Das Ganze war sowas von gespenstisch. Irgendwas geht da drüben vor», fügte er leise hinzu.

Als sich Sergeantin Tomer am nächsten Morgen – sie war soeben durch den Tunnel reingekommen – nach dem Stand der Dinge erkundigte, musste Gimenez seinen Bericht wiederholen. «Ja, scheint mir auch so, dass drüben irgendetwas äusserst Seltsames vor sich geht. Ich werde dem Generalstab sofort Meldung machen. Hendricks muss der Sache nachgehen. Vielleicht können wir einen unserer Kontakte zu drüben aktivieren und erfahren so mehr.» Dann wandte sie sich an Gimenez: «Sie haben Ihre Sache gut gemacht, Felipe. Für den Rest können Sie nichts. Aber …», damit sprach sie alle im Bunker an, «wir müssen von jetzt an doppelt auf der Hut sein. Möglicherweise planen die ja noch andere Überraschungen, wer weiss. Ich schaue mal, ob ich Verstärkung bekommen kann. Es wäre gut, wenn wir alle Wachen und Patrouillen doppelt besetzen könnten. Und im Moment sind wir einfach zu wenige Soldaten in unserem Zug.» Die Männer mochten es immer, wenn die Sergeantin sich voll mit ihrer kleinen Abteilung identifiziert. Sie wussten auch, was Tomer als einfache Soldatin hier an diesem Frontabschnitt geleistet hatte. «Und falls ich es schaffe, treibe ich auch eine doppelte Ration Zigaretten für alle auf.» Dann brach sie auf, damit der Generalstab umgehend vom Stand der Dinge unterrichtet würde. Eine so wichtige Angelegenheit wollte sie auch nicht über eine der Funkleitungen weitergeben, man wusste nie, wer da alles mithörte …

KAPITEL 3

Nachdem Sergeantin Tomer im Generalstab Meldung erstattet hatte, herrschte bei der siebten terranischen Armee helle Aufregung. Ein so aussergewöhnliches Ereignis hatte es weder im ersten, noch im zweiten Tago Mago-Krieg gegeben. Im dritten Krieg stellte die terranische siebte Armee über 60% der intergalaktischen Truppen. Je 20% stammten vom Mars und von Triton IV. Seit diese drei Planeten vor über 150 Jahren die EMT-Föderation (Erde – Mars – Triton IV) gebildet hatten, waren ihre Beziehungen immer sehr eng und gut gewesen. Der marsianische Unabhängigkeits-Krieg gegen Terra, der zu einer schmerzhaften Verwerfung geführt hatte, war überwunden und vergessen. Sowohl auf dem Mars, als auch auf der Erde war man sich der gemeinsamen Wurzeln bewusst.

Admiral Hendricks liess Wendell Wokensen zu sich kommen. Wokensen hatte wie er selber und Sergeantin Tomer im zweiten Tago Mago-Krieg im selben Zug gedient und später ein Psychologie-Studium absolviert. Seit über zwei Jahren verstärkte er nun den Stab im Range eines Sergeanten. «Sie haben mich rufen lassen, Admiral?» Hendricks lächelte: «Nicht so förmlich, Wendell. Ja, ich möchte Ihren

Rat.» Dann berichtete er dem Psychologen, was sich am Frontabschnitt von Sergeantin Tomer ereignet hatte. «Und Soldatin Too ist tatsächlich von tago-magischen Androiden entführt worden?» Der Admiral nickte. «Soldat Gimenez, der Too als Begleitschutz zugeordnet war, hat die Spuren selber gesehen. Alles deutet darauf hin, denn nur die Nationalgarde von Komaher hat solche Gleiter, die wie Helikopter starten können.» - «Und was bezwecken die damit?», fragte Wokensen. «Genau, das wollte ich eigentlich von Ihnen erfahren, Wendell.» Der Psychologe lächelte. Er wusste, dass Admiral Hendricks lange eine überaus schlechte Meinung von Militär-Psychologen gehabt hatte. Erst als es ihm, Wendell Wokensen, gelungen war, ihn von seiner Impotenz zu heilen, die Hendricks seit seinem Einsatz im zweiten Tago Mago-Krieg quälte, hatte der Admiral seine Meinung geändert.

Wokensen selber war durch den Einsatz damals stark geprägt worden: Er hatte sich zuerst in Tanja Tomer, die Kameradin, verliebt. Als er jedoch mit dem Psychologie-Studium begann, realisierte er, dass er eigentlich auf Männer und nicht auf Frauen stand. Terry Kemper, sein Mitbewohner im Zimmer auf dem Campus der IGMU, der Intergalaktischen Militär Universität, war nicht nur sein erster Freund gewesen, mit dem er körperlich intim wurde, sondern immer noch sein Partner. Kemper betreute im Healing Center für Veteranen auf Gwannon City auf dem Mars Dutzende von ehemaligen Soldaten, die mit schweren post-traumatischen Störungen aus den Konfliktherden der Galaxis zurückgekehrt waren. Kemper wusste, dass Wokensen nicht immer treu blieb, wenn durch einen seiner intergalaktischen Einsätze monatelang getrennt wurden. Wokensen wusste auch, dass sich sein Freund besonders zu jüngeren Männer hingezogen fühlte. Er selber war zwölf Jahre jünger als Wendell. Kemper war äusserst tolerant. Für ihn stand in der Beziehung zu Wokensen nie das Körperliche, sondern immer das emotionale, seelische und geistige Element im Vordergrund. Genau dadurch war er für seine Klienten so wichtig geworden, weil sie ihm von Grund auf vertrauten.

Als Wokensen nun mit Hendricks in dessen Büro sass, musste er an Terry denken. «Wieder mal einen Neuling im Visier?», fragte ihn der Admiral unverblümt. Der Sergeant nickte. «Gut, gut. Aber kommen wir zu unserem Problem: Was kann sich hinter dieser Entführung verbergen, Wendell?» Der Militär-Psychologe überlegte kurz, dann sagte er: «Es scheint, als ob sich die Gegenseite seit längerem uneinig ist, welche Strategie sie im Krieg gegen uns führen soll. Aber im Fall von Soldatin Too tippe ich auf einen anderen Grund. Ich glaube nicht, dass sie wegen ihrem Status entführt wurde, sondern wegen ihren Fähigkeiten.» - «Sprechen Sie Klartext, Wendell. Was für Fähigkeiten meinen Sie? Das sie mit Sprengstoff umgehen kann?» Wokensen schüttelte den Kopf: «Nein, ich glaube, es hat damit zu tun, dass Too den siebten Sinn hat und die Tasskis im Voraus orten kann.» - «So wie früher Tanja, ich meine, Sergeant Tomer?» Der Psychologe lächelte süffisant. «Genau, ich denke, es wäre deshalb von Nutzen, wenn Sergeant Tomer bei unserem Gespräch dabei ist.» Der Admiral nickte und liess sie sofort zu sich in Büro rufen. Nachdem er ihr den Gedankengang von Wokensen mitgeteilt hatte, meinte die Sergeantin: «Ich habe mir auch schon sowas gedacht. Aber es ergibt keinen Sinn. Soviel ich weiss, untersteht die Tasski-Sektion nicht der Nationalgarde, sondern dem ZPB, dem Zentralen Polit-Büro. Wenn nun wirklich Androiden der Garde Soldatin Too entführt haben, dann verfolgen sie damit ein ganz spezielles Ziel.» Wie nahe Tanja Tomer mit dieser Annahme den Tatsachen kam, würde sich erst viel später erweisen …

Soldatin Too war keine Gefangene. Aber sie durfte den Sicherheits-Sektor der Nationalgarde nicht ohne Begleitung verlassen. Man hatte ihr ein kleines, aber sauberes Zimmer mit Bett, Nachttisch, einem Spind für ihre Kleider, einem Schreibtisch und einem Stuhl zugeteilt. Ein kleines Badezimmer mit WC und Dusche gehörte auch zum Komfort. Die Mahlzeiten konnte sie in der Kantine einnehmen, wobei sie von allen Seiten neugierig beäugt wurde. Die Tago Mago sind Hominiden wie die Menschen oder die Marsianer. Aber ihre Haut ist leicht geschuppt, ähnlich wie bei echsenartigen Wesen auf Terra. Sie haben zwar auch einen Kopf wie die Menschen, aber ihre Kiefer sind nach vorne geformt, ihre Zähne sind schlechter ausgebildet und ihre Zungen sind viel dünner, länger und am Ende gespalten. Ihre Sprache hat oft etwas Guturales, die menschlichen Hominiden bezeichnen es als *unterdrückt* oder *würgend*, weil sie nur wenige Zungenlaute zustande bringen. Durch die Union von Tago Mago II mit den amero-europäischen Kolonien von Dextra Silur, in denen ein neo-amerikanisches Englisch gesprochen wird, entwickelte sich auf Tago Mago als Zweitsprache Tamer, eine Art Kreol, das auf dem Amerikanischen basiert, aber mit vielen lokalen Wortsprengseln versehen wurde. Da die Tago Mager gegenüber dem anderen Geschlecht sehr reserviert sind, wagten es nur einige Frauen, mit Soldatin Too zu sprechen. Die einzige Ausnahme bildete Konf Konfer, ein junger Adjutant in der Garde, der scheinbar ein Ur-Neffe von Komaher, dem mächtigsten Mann auf dem Planeten war. Er kam direkt von der Militär-Akademie, war 22 Jahre alt, wobei man berücksichtigen musste, dass ein Jahr auf Tago Mago nicht zwölf, sondern vierzehn Monate umfasste. «Eigentlich sind wir mehr oder weniger gleich alt», meinte er zu Tamara. «Übrigens ist dein Name schon 'ne Wucht!» Sie verstand die Anspielung auf das Tamer-Kreol sofort. «Aber du sprichst hervorragend Englisch», meinte sie nun. Er lächelte, wurde leicht rot. «Nun, ich habe auch einen genialen Lehrer gehabt.» Dann erzählte er ihr, dass er in seiner Jugend von Wayne Shorter, einem übergelaufenen Deserteur des zweiten Tago Mago-Krieges unterrichtet worden war. «Shorty war ein Perfektionist. Und deshalb genau das, was ich brauchte. Ich war ein fauler Kerl in der Schule. Doch Shorty machte mir klar, dass ich nur durch Fleiss etwas erreichen könne. So typisch amerikanisch halt, was mir aber total sympathisch geworden ist.»

«Wie läuft die Sache?», fragte General Jetson seinen Adjutanten. Seraz Gomson verbeugte sich leicht. «Soweit läuft alles nach Plan, General.» Jetson war zufrieden. Seine Ränkespiele konnte in der Regel niemand anderes durchschauen. Gegenüber dem Rest des Stabes hatte er die Entführung von Soldatin Too damit erklärt, sie verfüge über geheime Informationen über die Strategie der terranischen Truppen, was natürlich völliger Blödsinn war. Soldatin Too hatte keinerlei Einblick in die geheimen Strukturen und Ziele ihrer Armeeführung. Aber Soldatin Too war eine Somher, eine Frau, die mit dem siebten Sinn ausgestatte war. Und genau eine solche Somher brauchte General Jetson, um die Tasskis zu schwächen, die sich immer mehr als eine gefährliche Macht auf Tago Mago II erwiesen. Zu Merkson, seinem Vertrauten sagte er deshalb: «Der Stab hat im zweiten Krieg den Fehler gemacht, diese verfluchten Dinger immer autonomer werden zu lassen. Das hat sich gerächt. Zum Glück hat damals der Feind ihre Fabrik zerstört.» Merkson antwortete nicht, denn er konnte weder sprechen, noch denken; Merkson war kein Hominide, sondern ein Spiegel. Jetson war sich auch im Klaren, dass er Konf Konfer im Auge behalten musste; nicht unbedingt, weil er ein Ur-Neffe von seiner Exzellenz Komaher war, sondern weil dieser junge Adjutant äusserst geschickt agieren konnte und hohe Intelligenz besass. Jemand wie Konfer musste man auf seiner Seite haben. «Entweder gewinne ich ihn für mich», dachte

Jetson, «oder ich muss ihn früher oder später ausschalten.» Wokensen wusste, wo er an Informationen über die Gegenseite herankam: Im Blue Delight Center, dem Club, den alle Soldaten der terranischen Truppen regelmässig frequentierten; aber auch Einheimische gingen dort ein und aus. Er hatte zwar keinen offiziellen Auftrag von General Hendricks gefasst, aber was er tat, würde ganz im Sinne des früheren Vorgesetzten sein. Hier im Blue Delight Center hatte er auch den jungen Tago Mager Bez Bloom kennengelernt. Was für ein eloquentes Bürschchen dieser hübsche Kerl doch war. Jedes Mal, wenn er sich zu ihm an den Tisch setzte, spürte er eine starke sinnliche Erregung, die sich in seinem ganzen Körper ausbreitete. Dass der wirklich gut aussehende Tago Mager nur begrenzt Englisch sprach, spielte keine Rolle. Wokensen mochte das Tamer, es hatte etwas Weiches, Weibliches, leicht Verletzbares in seinen Augen. Vielleicht würde Bez ja heute Nacht endlich seinem Charme erliegen. Auf jeden Fall lud er den jungen Mann zu einer Runde Whisky ein. «Schottisches Zeugs, das», meinte er verschmitzt und kitzelte seinen Gast leicht hinter dem Ohr. Leicht verschämt liess es der Einheimische mit sich geschehen. Wokensen wusste, dass viele der Tago Mager nur ganz wenig Alkohol vertrugen, es war also gemein, was er tat. Doch wenn er sich die Lenden von Bez, ja, dessen nackte geschuppte Lenden vorstellte, dann wurde sein Ding ganz steif.

Tamara Too lag in ihrem Bett und dachte nach. Was wollten die Leute von diesem Jetson von ihr. Bis jetzt hatte man ihr gegenüber nur Andeutungen gemacht, aber sie spürte, dass es etwas mit ihrem Einsatz bei der Tasski-Fabrik zu tun hatte. Alles führte dort hin: Sie war mit Gimenez vor rund einer Woche zum ersten Mal in diesem Sektor gewesen und hatte die Lage sondiert, auch herausgefunden, welches der drei Gebäude den Tasskis als Produktionsstätte für ihren *Nachschub* diente. Und auf dieser Mission hatte Gimenez das silbrige Ei gefunden, ihren Yaki, den sie seitdem immer auf sich trug. Und genau über dieses seltsame Gerät war sie von der tago-magischen Nationalgarde gefunden worden. Konf Konfer, der schnell zu einem Vertrauten geworden war, hatte gemeint: «Eigentlich ist das keine Nationalgarde, sondern eine Leibgarde; sie beschützen unserer Exzellenz Komaher.» - «Und du bist mit dem grossen Diktator verwandt?» - «Ja, aber nenn ihn bitte nicht Diktator, das hört man hier nicht gern. Er ist unser weiser alter Mann, unser Führer, der uns allen den Weg weist.» Tamara musste lachen: Weiser Mann, der den Weg weist, ein Führer, aber Diktator darf man ihn nicht nennen? Sie verstand die Logik der Tago Mago-Kultur einfach nicht. Aber dass Konf Konfer nicht einfach so Konversation mit ihr trieb, war ihr vom ersten Moment an bewusst geworden.

«Du richtig Mann, gross, schwer, mit viele Fleisch», hörte Wokensen seinen Gast sagen. Er musste lächeln. «Nun, Bez, wenn du mich vor 15 Jahren gesehen hättest, dann wären dir die Augen über gegangen – damals wog ich sechzig Kilogramm mehr!» - «Augen über gehen? Was bedeuten das?», fragte der Tago Mago sofort zurück. «Du hättest gestaunt; und mich noch mehr gemocht – falls du wirklich auf Fleischberge stehst.» Bez kicherte. «Berge von Fleisch, du sein lustig, Woke», dabei strich er mit seinen feinen Händen sanft über die Härchen von Wokensens Unterarm. «Sie mich mögen, hihi», gluckste er. «Wer mag dich, Bez?» - «Na deine Härchen an Arm, hihi.» Gott, was habe ich für eine Steifen, dachte der Psychologe. Scheiss auf die Regeln und all den Vorsichtsmassnahmen-Blabla. Die Angehörigen der terranischen Streitkräfte hatten zwar keine Kontaktverbote gegenüber den Einheimischen, aber es wurde ihnen überall eingebläut, vorsichtig zu sein. «Man weiss nie, wer einem gerade die Hand bietet!», lautete einer der Slogans.

Als Illustration sah man eine Tago Mago-Frau, die gerade einen Soldaten küsste, ihm gleichzeitig aber eine Handgranate in eine Tasche seines Tarnanzuges steckte. Scheiss drauf, sagte sich Wokensen nochmals. Heute Abend gehe ich mit dir ins Bett.

Als der Psychologe zu den Toiletten ging, blieb Bez am Tisch sitzen. Ganz sacht zog er ein Schächtelchen aus seinem Jackett, holte eine ovale Pille heraus und warf sie ins Glas von Wokensen. Dieser hatte beim Pinkeln einen Entschluss gefasst: Er wollte aufs Ganze gehen bei seinem Gast. «Bez, wollen wir die Nacht gemeinsam verbringen?», fragte er leise. «Du mit mein Person? Wir zusammen, in Bett?», fragte der junge Mann schüchtern. Wokensen nickte. «Wenn du dir das vorstellen kannst, ja, wieso nicht?» Bez lächelte. «Ich mir vorstellen, sehr gut. Ich mögen deine Fleisch, auch wenn nicht viel Berg», dann musste er wieder kichern. Wokensen war so erregt, er hatte einen Dauerständer. «Du kommen zu mir. Ich klein Wohnung, schön, gut für zwei.» - «Einverstanden.» Sie nahmen ein Decko, ein kleines dreirädriges Taxi. Bez wohnte in einem Vorort der Basis. Er schloss die Tür auf, liess Wokensen herein. Dem war leicht schwindlig. «Darf ich mich auf dein Bett setzen, Bezzy?», fragte er müde. «Sicher, du dürfen liegen, ich kommen gleich, müssen Toilet.» Als der Einheimische zurück ins Schlafzimmer trat, war Wokensen weggetreten. Gut so, dachte Bez Bloom. Du wirst mir alle Geheimnisse offenbaren, freiwillig. Und deinen Spass wirst du auch dabei haben ...

Was geschieht mit mir? Was ist los? Ich schwebe? Ich sehe das Bett unter mir ... aber da liege ich doch selber mit Bez drauf, der nackt neben mir kniet, meine Schenkel massiert, mein Ding in den Mund nimmt ... Was? Was ich alles über die junge Soldatin Too weiss? Sie ist eine sinnliche Frau, begabt, taff, hat den siebten Sinn, kann diese verfluchten Scheiss-Tasskis auf fünfzig Meter riechen, was sage ich fünfzig, nein, hundert, zweihundert, fünfhundert Tausend und wenn sie einen dieser Scheisskerle sieht, bläst sie ihm ungeniert den Kopf weg ... Ja, Bez, du bist wunderschön, deine Lippen sind so weich, wenn du mich küsste und meine Eichel in den Mund nimmst ... Wieso sie? Wieso sie den Auftrag bekommen hat? Na, wegen ihren Fähigkeiten. Und sonst? Was sonst noch passiert ist? Ihr Kamerad Gimenez schenkte ihr ein Silber-Ei, eins von diesen seltsamen Tasski-Dingern, das damals auch Tanja so bezaubert hat, selbst ich wollte mir ihr ins Bett und sie bumsen, ja, und sie hat die verflixte Tasski-Bude in die Luft gejagt, die Fabrik, wo

sich diese Aasgeier selber immer wieder reproduzieren …
Ja, das Ei hatte sie dabei, sie nimmt es überall mit, ist ihr Talisman, ein Glücksbringer, kindischer Aberglaube, jedoch sehr sympathisch, so wie du, Bez, wie du, der du da deine geschuppte Haut an meiner reibst, der du da unten auf mir liegst, der du da unten nun ganz nahe an meinen Hintern heranrückst, ja, ich mache mich bereit, ich knie vor dich hin, ich sehe ja, dass du auch erregt bist, leicht grünlich ist dein Ding und ziemlich dick, aber ich weiss, dass du zärtlich damit umgehen wirst …

Als Wokensen erwachte, hatte er einen höllischen Kater. Das Bett neben ihm war leer. Auf dem Tisch im Wohnzimmer stand ein Frühstück, auch ein Glas Wasser mit zwei weissen Tabletten, Alka-Woker, die konnte er brauchen. Auf dem roten Teller lag ein Zettel, auf dem der Tago Mago-Mann mit leicht krakeliger Schrift folgenden Satz notiert hatte: «Muss Arbeit, du können essen, legen Schlüssel in Kasten bei Tür, lieb Gruss und gross Kuss, Bezzy.» Wokensen war gerührt: Was für eine Nacht er doch erlebt hatte! Und was für eine! Noch immer spürte er die Hände seines Lovers auf dem Körper, wie dieser seine Schenkel massierte, auch, wie zärtlich er sein Glied in den Mund genommen hatte. Und als er dann von ihm von hinten genommen worden war, hatte er den stärksten Orgasmus seines Lebens erleben dürfen …

Tamara Too sass beim Frühstück in der Kantine, als Konfer auf sie zukam. «Sie sehen müde aus, mein Freund», sagte sie zu ihm. «Habe die ganze Nacht durchgearbeitet. Der Stab entwickelt eine Strategie nach der anderen. Sie fühlen sich bedroht von der Situation.» Tamara war erstaunt: Noch nie hatte der Adjutant etwas von seinen Aufgaben verlauten lassen. «Schwierigkeiten?», fragte sie leise. Konfer nickte. «Mit den Tasskis. Sie werden immer dreister, haben immer mehr Einfluss an den Frontabschnitten.» Soldatin Too spürte, worauf ihr Gegenüber hinauswollte: «Sie wollen damit sagen, Herr Adjutant, sie, also die Armee und der Stab, verlieren allmählich die Kontrolle über die Maschinen?» Konfer blickte sie ernst an: «Ganz genau, Tamara. Und ich denke, dass Sie mir etwas dazu sagen können …»

KAPITEL 4

Tamara Too wartete im Vorzimmer von General Jetson. Sie war nun schon ein ganze Woche lang *Gast* bei den feindlichen Truppen, aber man behandelte sie überall mit ausgesuchter Höflichkeit. Jedermann wusste, dass sie Kontakte zum Chef des Generalstabes hatte, also gab man sich im Umgang mit ihr jede Mühe. Seit über einer Stunde schon konferierte Jetson mit Konf Konfer, seinem Adjutanten. Die Soldatin staunte, denn dass ein so mächtiger Mann wie Jetson auf einen doch noch sehr jungen Berater hörte, sagte einiges aus: Jetson war folglich jemand, der nicht nur Befehle erteilte, sondern bei kompetenten Leuten auch Ratschläge einholte; und Konfer musste weit oben in der Hierarchie angesiedelt werden, auf jeden Fall höher, als es sein militärischer Rang verhiess.

Zuerst hatte Tamara ruhig auf einem der vier Stühle gesessen, die an einer Seite der Zimmerwand aufgereiht waren. Aber dann fielen ihre zwei grosse Gemälde ins Auge, die genau gegenüber aufgehängt waren. Es waren zwei Porträts, von einem Mann und von einer Frau. Der Mann war ganz in den Farben Schwarz und Grau gehalten, die Frau jedoch wies Schattierungen weiterer Farbtöne auf: Beige, braun, rötlich, gelb. Im Gegensatz zum Mann war die Frau unbekleidet. Sie hatte eine massige Statur, war jedoch nicht dick zu nennen. Ihre Brüste prangten gross mitten im Bild, so dass sich die Soldatin wunderte, dass man ein solches Gemälde im Vorzimmer des Generalstab-Chefs vorfand. Die Frau sass auf einem unsichtbaren Gegenstand und hatte ihre Hände auf den Knien aufeinandergelegt, so dass man ihr Geschlecht nur erahnen konnte. Sie blickte sehr ernst genau in Richtung des Betrachters. War sie gegen den Maler skeptisch gesinnt gewesen? Oder drückte ihr Ernst einen inneren Konflikt aus? Tamara wusste keine Antwort. Auf jeden Fall passte sie zum Mann, dessen Gesichtszüge nur schemenhaft skizziert waren, fast so, als ob der Maler seine Arbeit nicht hätte beenden können …

Je länger Tamara die beiden Gemälde betrachtete, desto mehr war sie von den zwei Personen darauf fasziniert. Sie war so in diese Porträts vertieft, dass sie gar nicht hörte, als sich die Türe zum Büro des Generalstabchefs leise öffnete. «Sie sind grossartig, nicht wahr?», stellte Konf Konfer fest. Als sie bei seinen Worten ein wenig erschrak, lächelte der Adjutant. «Wer sind die beiden?», wollte sie nun von ihm wissen. «Seine Exzellenz Komaher, unser grosser Führer, und seine Gattin Asa Masenja.» Je länger Tamaras Blick auf der üppigen weiblichen Gestalt ruhte, desto anziehender fand sie diese. «Ich habe noch nie eine schönere Frau gesehen, Herr Adjutant», sagte sie leise. Konfer musste erneut lächeln: «Mir geht es genauso. Wobei ich glaube, dass dieser Eindruck zur Hälfte auf der Person von Asa Masenja beruht, zur anderen Hälfte jedoch auf dem Genie des Malers. Ogo Gosk gilt als der grösste Künstler, den unser Planet je hervorgebracht hat.» Was der junge Adjutant verschwieg, war die Tatsache, dass eben jener Ogo Gosk zu Beginn seiner Laufbahn vom Alleinherrscher von Tago Mago II gefördert worden war. Sein Ruhm gipfelte dann in den beiden Porträts vom Herrscher und seiner Gattin. Kurz darauf jedoch war er vom Geheimdienst angeklagt worden, mit dem terranischen Feind zu paktieren, worauf man ihn nach Estasso, den hiesigen Gulag im Norden des Landes verbannte. Seither hatte man nichts mehr von ihm gehört. Dass die beiden Porträts immer noch an prominenter Stelle aufgehängt waren, löste bei den Untertanen seiner Exzellenz Komaher viele Diskussionen aus …

Der Adjutant und die Soldatin waren in ein intensives Gespräch über die beiden Bilder vertieft, als Jetson aus seinem Büro trat. «Ah, Sie sind immer noch da», sagte er zu ihr. «Ja, wahre Kunst kennt keine Grenzen», dazu nickte er. «Ach,

und übrigens, ich bin sehr gespannt, was Sie zu Ihrer heutigen Exkursion sagen werden. Mein Adjutant wird mich auf dem Laufenden halten.» Dann verabschiedete er sich mit einer leichten Handbewegung. Der Adjutant salutierte und stand stramm, bis Jetson den Flur verlassen hatte. «Exkursion? Was für eine Exkursion denn?», fragte Tamara neugierig. Konfer lächelte schon wieder. «Nun, kommen Sie mit, Soldatin, dann sehen Sie, worum es uns geht.»
Eine Stunde später flogen sie mit einem Gleiter der Garde über riesige Schlachtfelder. «Da unten wurde alles im zweiten Krieg verwüstet», erklärte ihr der Adjutant. «Die Böden sind vergiftet und verstrahlt, deshalb liegen sie seit fünfzehn Jahren brach. Selbst die dritte Welle des Konfliktes ist dem da unten ausgewichen. Niemand wagt sich mehr in diese Gebiete vor, weder ihr» – dabei deutete er auf Tamara – «noch wir.» Es war seltsam, denn normalerweise herrschten auf den tago magischen Schlachtfeldern die Farben grau und schwarz vor. Aber hier gab es senfgelbe Flächen, grüne Bereiche, rote Gräben und purpurne Krater, die oft mit ebenso farbigem Wasser gefüllt waren. Es sah schauerlich aus. «Wir sind nicht deswegen hier, nein, unser Ziel liegt noch eine Stunde Flug westlich von hier», erklärte der Adjutant. Sie sassen zu zweit in einem Vierer-

abteil, das vom Rest des Gleiters durch beige Vorhänge abgetrennt war. Beim Einsteigen hatte Tamara gesehen, dass mindestens vier, wenn nicht fünf oder sechs Leibwächter der Garde ebenfalls mitflogen. Durch das stetige Summen der Motoren wurde die Soldatin müde und nickte immer wieder ein. «Wachen Sie auf, Tamara, wir sind gleich da», sagte Konfer mit sanfter Stimme. Der Gleiter setzte zur Landung an, diesmal vertikal, denn sie befanden sich mitten in einem Schlachtfeld. Unter ihnen sah man das graue Betonfundament eines wohl zerstörten Gebäudes, darauf würde der Gleiter landen.

Als Tamara aus der Luke stieg, rümpfte sie die Nase: Es stank schrecklich nach Schwefel und Verwesung. Konfer nickte: «Ja, wir können die vielen Leichen hier gar nicht begraben, deshalb überschütten wir sie vom Himmel aus mit Kalk, um weitere Seuchen zu verhindern.» Die Soldatin realisierte schnell, dass hier seit Wochen brutale Kämpfe stattfanden. «Wieso ist es so ruhig?», fragte sie den Adjutanten. «Wir haben einen Waffenstillstand mit den Tasskis ausgehandelt.» Hatte sie sich verhört: «Mit den Tasskis? Wieso nicht mit den Terranern?», fragte sie ganz direkt. Der Adjutant nickte zwei, drei Mal. «Ja, ich will offen sein, mit Ihnen, Tamara. Die Tasskis bekämpfen uns schon seit vielen Wochen. Sie haben sich von uns losgesagt, streben ein eigenes Territorium an.» - «Die Roboter?» - «Genau, aber nur die Tasskis, keine Androiden oder Bell-Bots.» Tamara verstand immer noch nicht. «Aber wieso setzen Sie nicht die Kampfmaschinen der Leibgarde ein? Diese Androiden sind doch riesig und besitzen ungeheuer zerstörerische Kräfte?» Sie wusste von Sergeant Tomer, dass die Frontabschnitte an denen Androiden auf Tago Mago-Seite kämpften wahnsinnig grosse Verluste erlitten. «Wir haben viel zu wenig von ihnen, können sie nicht einfach so aus dem Boden stampfen; auch fehlen uns die Wissenschafter. Die meisten von ihnen sind im System des Gulags, im Estasso, gelandet. Und dann haben wir noch ein weiteres Problem – genau deswegen sind wir hier.» Konfer führte Tanja über das Schlachtfeld. Hinter einer Brandmauer, die als einzige von einem riesigen Gebäude noch stehen geblieben war, verharrten sie einen Moment. Dann trat der Adjutant drei Schritte zur Seite und zeigte weiter nach Westen: «Sehen Sie den Komplex dahinten? Er liegt ungefähr fünfzehn Kilometer von hier.» - «Eine Tasski-Fabrik, ja, ich sehe sie.» - «Da produzieren sie den Nachwuchs.» Die Fabrik sah ziemlich gleich aus wie jene, die Soldatin Too in die Luft gejagt hatte. «Aber wieso zerstören Sie das Gebäude nicht?»

Konfer nickte erneut, dann gab er durch ein mobiles Funkgerät einen Befehl.

Zwei Minuten später hörte man, dass ein grosses Projektil im Anflug war. Too schätzte, dass es eine Häusergranate war, mit der man dicke Wände durchschlagen konnte. Jetzt befand sich das Projektil direkt über ihren Köpfen, es flog blitzschnell weiter und schon nach wenigen Sekunden – zerplatzte es in der Luft. Weit vor der Tasski-Fabrik. «Ein Schutzschild!», rief Tamara, «die haben einen Schutzschild aufgebaut, verrückt.» Statt einer Antwort gab der Adjutant erneut einen Befehl durch. Nun löste sich einer der sechs Androiden aus dem Pulk hinter ihnen. Er sah schon ziemlich lädiert aus, hatte abgeschürfte Stellen am ganzen metallenen Leib. Ein Ausschussmodell, dachte Tamara. Der Androide schritt stetig gegen in Richtung der Tasski-Fabrik. Nach einer Viertelstunde, in der er gut sieben bis acht Kilometer zurückgelegt hatte, hörte man plötzlich ein lautes Zischen. Neblige Schleier umhüllten die Beine des mechanischen Kämpfers, der sofort ins Stocken geriet. Dann war der gesamte Androide in eine graue Wolke gehüllt, durch die man ihn gar nicht mehr sehen konnte. Konfer reichte Tamara seinen Feldstecher. Sie blickte hindurch, und als sich der Nebel verzog, stand kein stolzer Androide mehr da, sondern eine deformierte angekohlte Figur, deren Metallteile in Wülsten und Würsten gegen den Boden hinabliefen. «Er ist geschmolzen, oder?» Konfer nickte. «Dasselbe Kraftfeld. Wir kommen da einfach nicht hindurch. Die einzige, die das kann, sind Sie, Soldatin Too!»

«Was Neues von Soldatin Too?», fragte Admiral Hendricks in die Runde. Sergeantin Tomer schüttelte den Kopf, ebenso wie Sergeant Baxter und zwei weitere Offiziere. Nur Wokensen, der Militär-Psychologe, nickte stolz: «Mein Kontakte bestätigen eindeutig, dass es Tamara Too gut geht. Sie ist nicht etwas im berüchtigten Gefängnis von Abu Hoff interniert, sondern in der Residenz des tago magischen Generalstabs untergebracht.» Das sass. Stolz reckte sich Wokensen auf seinem Stuhl, neugierig von den Offizieren im Raum gemustert. Sergeantin Tomer nahm den Faden auf: «Das heisst, unsere Vermutungen, dass man die Soldatin Too wegen ihrer speziellen Fähigkeiten, also wegen ihrem siebten Sinn entführt hat, dürfte nahe bei der Wahrheit liegen.» Admiral Hendricks bestätigte diese Vermutung mit heftigem Kopfnicken. «Und was vermuten Sie für Gründe?», fragte er nun in die Runde. Sergeant Baxter ergriff das Wort: «Das bedeutet wohl, dass die Tago Mager ernsthafte Probleme mit den Tasskis haben; kein Wunder, denn wir sehen ja beinahe täglich an der Front, was diese kleinen Teufel alles ausrichten können. Gerade vorgestern sind in meinem Zug wieder zwei Männer getötet, eine Frau und vier Soldaten verwundet worden, zwei davon schwer. Nicht nur die Minen-Tasskis sind brandgefährlich, sondern auch diese Wurm-Dinger, die sie nun entwickelt haben. Man hört sie nicht, man sieht sie nicht, erst wenn sie unmittelbar unter einem explodieren, weiss man, dass sie sich herangeschlichen haben.» Der Admiral wirkte nachdenklich., «Und wenn wir solche Probleme mit diesen Tasskis haben, kann das ebenso den Tago Magern passieren. Wir alle erinnern uns ja noch mit Schrecken an den Osmago-Zwischenfall auf Triton IV, als die Prototypen der androidischen Kampfmaschinen sich gegen unsere terranischen Truppen verschworen. Damals behauptete man, es seien falsch programmierte Algorithmen dafür verantwortlich gewesen, aber ich selber denke, dass wir damit falsch lagen. Es ist einfach in der kybernetischen Natur von künstlichen Geschöpfen, dass sie Unabhängigkeit anstreben, wie jede Lebensform, die überleben will; ausser man bleibt sein Leben lang ein Parasit.» Sergeantin Tomer wusste, dass Admiral Hendricks nach der Rückkehr aus dem zweiten

Tago Mago-Krieg eine schwere Lebenskrise durchgemacht hatte. Es war nicht einfach ein PTS-Syndrom, also eine post-traumatische Störung, und auch seine zeitweilige Impotenz genügten nicht als Erklärung, aber all das Grauen und die ungeheure Zerstörung, die er mehrere Jahre hautnah und täglich erleben musste, hatten seine bisherige Lebensphilosophie nicht nur ins Wanken gebracht, sondern zerstört.

Wokensen hob leicht die Hand. «Ja, Xaver», meinte Hendricks nur. «Ich werde meine Kontakte intensivieren, damit wir genauere Informationen zum Fall Too bekommen.» Dabei dachte er schon voller Lust an eine weitere Nacht mit dem sinnlichen Bezzy Bloom. Auf der Erde war es ihm nie vergönnt gewesen, seine Triebe derart frei und unbeschwert ausleben zu können, geschweige denn zu dürfen. Auch sein früheres Körpergewicht von 150 Kilogramm waren dem im Wege gestanden. Selbst die Nutten hatten keine Lust, sich einem solchen Freier hinzugeben, wofür Wokensen sogar Verständnis aufbringen konnte. Auch Tanja hätte ich bei einem Stelldichein wohl zerquetscht, dachte er heimlich lächelnd. Sergeantin Tomer war immer noch eine total attraktive Frau, aber seit er, Xaver, sich lieber mit

Männern einliess, bestand zwischen ihnen einfach eine tiefe, aber platonische Freundschaft.

Der Gleiter mit Adjutant Konfer und Soldatin Too an Bord kehrte zur Basis der Tago Mago-Armee zurück. Tamara sann über das Erlebte nach: Man hatte sie also entführt, damit sie die Tasski-Fabrik im feindlichen Sektor zerstöre. Das alles hatte sie Gimenez oder besser dem silbernen Ei, das ihr Gimenez geschenkt hatte, zu verdanken. Aber Tamara dachte immer positiv: Wenn es so sein muss, dann muss es so sein. Und wer wusste denn schon, was sich noch alles aus diesem Einsatz entwickeln konnte? Als sie abends in der Kantine ass, reflektierte sie nochmals das an diesem Tag Erlebte: Sie sah sich im Vorzimmer des Generalstab-Chefs Jetson, sie flog mit Konfer in die Kampfzone, sie erlebte mit, wie eine Rakete und ein Androide völlig scheiterten, sie hörte die Unterhaltung mit dem Adjutanten. Als sie zurück in ihr Zimmer ging, merkte sie, dass weder der Flug, noch die Geschehnisse an der Front sie am meisten beeindruckt hatten, sondern jene beiden Bilder aus der Hand von Ogo Gosk: Die Porträts seiner Exzellenz Komaher und von dessen Gattin Asa Masenja, die scheinbar im Tago Mago-Gulag verschwunden war. Das düstere Bildnis des Gewaltherrschers machte zwar Eindruck, aber die resolute und überaus ernsthafte Gestalt der nackten Frau beeindruckten sie tief in ihrer Seele.

KAPITEL 5

Tamara Too spähte hinter der brandgeschwärzten Fassade Richtung Tasski-Fabrik. Sie war allein, keiner der tago magischen Soldaten wagte es, sie zu begleiten. Das Schlachtfeld lag ganz ruhig da. Vorsichtig schlich sie weiter. Schon seit einer guten Stunde war sie unterwegs. Dann, plötzlich, fing weisser Bodenneben an, aus den verlassenen Schützengräben zu quellen. Er bedeckte eine immer grössere Fläche. Tamara musste durch ihn hindurchwaten. Sie spürte ein schmerzhaftes Zerren in ihrem Unterleib, einer der Tasskis musste ganz nahe sein, aber wie sehr sie sich auch anstrengte, sie konnte das Ding nicht lokalisieren. War es ein Tasski-Wurm? Leise schlich sie weiter vorwärts. Dann, auf einmal, wurde sie von einem Beben erfasst, sah sich plötzlich wie aus geringer Entfernung selber, gespiegelt, reflektiert, sah, wie sie mit metallischen Beinen durch die Todeszone schritt, sah, dass sich der Nebel an ihren Kleidern festhakte, sah, wie sie sich allmählich aufzulösen begann. Jetzt glich sie ganz jenem Androiden, der durch den Schutzschild de-materialisiert worden, der geschmolzen und kläglich in sich zusammengeschmort war.
Schreiend wachte sie auf. Wo bin ich, dachte Tamara. Dann

wurde ihr klar, dass alles nur ein Alptraum gewesen war, aber so stark und intensiv, dass sie nicht nur schweissgebadet im Bett lag, sondern sich sogar ein wenig eingenässt hatte. Sie war froh, dass sie den Adjutanten am Frühstückstisch traf. «Schlecht geschlafen, Soldatin?», fragte er mit einfühlsamer Stimme. «Ja, habe von der Kampfzone geträumt.» -«Ihre Freunde möchten wissen, wie es Ihnen geht.» - «Meine Freunde? Sie meinen jene der terranischen Truppen?» Konfer nickte. «Ja, wissen Sie, Soldatin Too, ich habe da so einige Kontakte am Laufen; da erfährt man das eine oder andere, auch von der Gegenseite.» Tamara wurde von Wehmut erfüllt.

Sie dachte an Procter, De Boorst, Gimenez und Hoboken, die Kameraden ihres Zuges, aber auch an Tanja Tomer. «Können Sie unserer Sergeantin eine Botschaft zukommen lassen?» - «Sie meinen Sergeant Tomer?» Tamara nickte. «Ich werde es versuchen. Manchmal sind die informellen und insbesondere die inoffiziellen Kanäle verstopft; aber ich werde sehen, was ich machen kann.» Woher er seine Informationen bezog, wollte er ihr gegenüber nicht preisgeben. Too hatte sich wieder unter Kontrolle, deshalb fragte sie den Adjutanten: «Wie geht es nun weiter mit mir?» Er schätzte ihre Direktheit sehr. «Nun, Sie können sich vielleicht vorstellen, weshalb wir Sie hierher gebracht haben, oder?» Ihr habt mich entführt, dachte sie, aber sie wollte so gut wie möglich diplomatisch bleiben, sonst verbaue ich mir nur was … Es waren ihre telepathischen Kräfte, ihr siebter Sinn. Wie nannten es die Tago Mager? Somher, genau, sie war eine Somher, die Dinge voraussahen konnte. «Sie benötigen eine Somher, nicht wahr? Eine von meinem Kaliber? Eine, die sich nicht scheut und keine Angst davor hat, eine Tasski-Fabrik in die Luft zu jagen?» Der Adjutant antwortete nicht. Keine Antwort ist auch ein, dachte Tamara. «Aber ich brauche Deckung, allein kann ich das nicht schaffen», sagte sie nun. Was nicht ganz stimmte, denn sie traute es sich durchaus zu, nur, sie kannte den Einsatz-Sektor im Kampfgebiet überhaupt nicht. In ihrem Frontabschnitt hätte sie sich sogar mit verbundenen Augen vorwärts bewegen können, aber da im Westen, und noch so weit hinter der Front, da war es auch für sie brandgefährlich. «Geben Sie mir einen guten Mann oder eine gute Frau mit», regte sie an. Der Adjutant schüttelte den Kopf. «Wir haben nur noch sehr wenige Soldaten, die Einheimische sind», sagte er leise. «Viele unserer Hilfstruppen bestehen aus Söldnern. Die meisten stammen vom Planeten Tago Mago I, aber sie sind sehr unzuverlässig, genau deshalb haben wir jahrelang die Tasskis weiterentwickelt und jede Menge Geld und Ressourcen in diese Truppenteile gesteckt. Am Anfang waren die Tasskis reine Schiessscheiben. Aber sie haben enorme Fortschritte gemacht, ja, zu grosse, denn sie sind auch für uns zu einer realen Gefahr geworden. Vor allem, weil wir schon seit längerer Zeit gar nicht wissen, was sie wollen, wie sie sich organisieren, wie sie ihre Reproduktion verselbständigt haben. Sämtliche Techniker, die damals Pionierarbeit leisteten, sitzen heute im Gulag. Ich muss leider sagen, dass der Estasso der Ort mit dem höchsten IQ-Durchschnitt auf Tago Mago II ist.»

Wokensen wusste, dass er Bez Bloom nicht nur besuchte, weil er von ihm immer wieder geheime Informationen über den tago magischen Generalstab bekam, sondern weil er ohne die Nähe zu ihm und seinem Körper nicht mehr leben konnte. Als Psychologe wusste er, dass guter Sex wie eine Droge wirkte. Früher, mit seinen 150 Kilo, war das für ihn ein Gebiet so abgelegen wie auf dem Mars. Aber durch sein Studium, auch durch seine Beziehung mit Terry Kemper, hatte er eine ganz neue Welt kennengelernt. Und durch Bezzy auch eine neue Spezies, nein, Spezies war falsch, denn die indigenen Tago Mager waren ja auch Hominiden

– oder zumindest Halb-Hominiden, denn natürlich besassen sie auch eine Seite, die von ihrer Echsen-Natur geprägt worden war. Man schätzte die Zeit, die nötig gewesen war, um diese zwei Spezies miteinander zu verschmelzen auf ungefähr zehn bis zwölf Millionen Jahre. Und scheinbar gab es ganz im Westen der riesigen tago magischen Landmasse, in den subtropischen und tropischen Gebieten noch weitere intelligente Lebensformen, zu denen selbst die Einheimischen so gut wie keine Kontakte hatten. Auf jeden Fall würde er am Abend Bezzy wiedersehen, ihn lieben, mit ihm ins Bett gehen, sich von ihm ficken lassen. «Ja, Bez, du wirst mich richtig ficken», dachte Wokensen, und er benutzte dieses Wort immer häufiger, seit er mit dem jungen Tago Mager intim geworden war. Seine Mutter hatte ihm immer verboten Wörter aus der *Fäkalsprache* zu gebrauchen, da war Amanda Wokensen sehr konsequent gewesen. Auch sein Dad durfte zu Hause nie fluchen, dafür zog es ihn dann in die Striptease-Bars.

Bez Bloom überprüfte seinen Vorrat an Pillen. Wenn er mit Wokensen zusammen war, musste er ihn immer so betäuben und ruhig stellen. Nur so brachte er die nötigen Informationen aus dem terranischen Psychologen heraus. «Sehr gut, dass der Kerl im Generalstab tätig ist», hatte ihn sein

Vorgesetzter gelobt. Und mit dem war nicht zu spassen, das wusste Bez. Überhaupt war es sehr anstrengend, in die Rolle von Bezzy zu schlüpfen, denn eigentlich machte er sich nichts aus Männern, aus Frauen allerdings auch nicht. Er gehörte wohl eher zu den asexuellen, von denen es auf Tago Mago viele gab. Vielleicht ein Erbe ihrer Evolution, die es zwar geschafft hatte, Reptilien und Menschen zu vermischen, wobei die Anteile der Hominiden dominant blieben. Aber andere Zweige der Entwicklung waren verdorrt, viele ander Zweige. Deshalb hatte man auf die Technik mit den Robotern gesetzt. Die Androiden von Tago Mago genossen in der Galaxis einen hervorragenden Ruf, aber für die Kriege, die man mit der EMT-Föderation führte, waren sie viel zu teuer. Der Raubzug gegen Triton IV vor über dreissig Jahren war sowieso ein kapitaler Fehler seiner Exzellenz Komaher gewesen. Damals hatte er geglaubt, er könne das ganze Universum erobern, aber schon am tritonischen Süd-Strand war damals Schluss gewesen. Dass Komaher dann drei der grössten Städte mit gewaltigen Detonationen zerstört hatte, führte zu den Irrungen und Wirrungen bis hin zur dritten Welle des Konfliktes, der seither immer auf dem Heimatplaneten von Komaher, also auf Tago Mago II stattfand. Selbst die Streitkräfte des Bruder-Planeten Tago

Mago I wollten sich in diesen Konflikt nicht hineinziehen lassen und verhielten sich seit über 30 Jahren neutral.

Die Tasskis waren dann die geniale Idee einer Gruppe von Wissenschaftlern um Omarz Jetson, den Vater des heutigen tago magischen Generalstab-Chefs, gewesen. Ihm war es mit einer kleinen Gruppe fanatischer Partei-Genossen gelungen, diese kleinen Kampfroboter herzustellen. Der erste Krieg war beinahe verloren, als man sie zum ersten Mal einsetzte, danach wendete sich das Blatt und es entstand eine Patt-Situation, die dann zu Verhandlungen und einem Friedenvertrag geführt hatten; einem allerdings äusserst brüchigen Abkommen, das von beiden Seiten schnell wieder gebrochen wurde und dann zum zweiten Krieg geführt hatte. Bez Bloom wusste, dass auch Wokensen damals aktiv an der Front gedient hatte. Nur war er selber zu jener Zeit ein kleiner Junge gewesen, der sich nie für das Geschehen an der Front interessiert hatte. Seine Schulkameraden sammelten Bilder von Nationalhelden, Abzeichen und Granatsplitter, aber er, Bezzy, lebte in einer Welt aus Musik, Literatur und Kunst. Vielleicht hatte ihn das so attraktiv für Wokensen gemacht, der ein grosser Liebhaber des terranischen Jazz war, besonders jener Stile, die im Lauf des 20. Jahrhunderts in Amerika entstanden waren.

Woke selber spielte Saxophon, hatte auch schon das eine oder andere Mal im Blue Delight gespielt, wo sie sich auch kennenlernten. Bez wusste auch, dass der Terraner einen Narren an seiner tago magischen Haut gefressen hatte. «Bin halt ein wenig zoophil», meinte er manchmal scherzend, etwas, das er vor seiner strengen Mutter wohl nie zu äussern gewagt hätte. Und Woke hatte auch ein Faible für das Geschlechtsteil von Bez, das entgegen aller Erwartungen eben nicht dünn, sondern sehr dick wurde, wenn sie sich liebten.

Tamara Too war eine taffe Frau. Seit sie unmittelbar nach ihrer Zerstörungs-Mission bei der Tasski-Fabrik von den tago magischen Androiden entführt worden war, nahm sie alles so wie es kam, eins ums andere, Stunde für Stunde, Tag für Tag. Sie wusste, dass sie keine Chance hatte aus der Residenz des Generalstabes zu flüchten, also harrte sie der Dinge, die noch kommen sollten. Jetzt wusste sie auch, dass man sie für eine weitere, noch gefährlichere Mission verpflichten wollte. Sie spürte auch, dass eine allfällige Zerstörung der westlich von hier gelegenen Tasski-Produktions-Stätte eine riesige Chance für Neues bot. Wenn die Tago Mager durch die kleinen Roboter so bedrängt wurden, entstand vielleicht die Möglichkeit für neue Friedensverhandlungen, die für alle Seiten dringend nötig waren. Nicht nur die Armee der Einheimischen hatte schwere Verluste, auch die terranischen Truppen zahlten einen hohen Blutzoll. Tamara Too dachte an Mike Marso, Guy Pellert, Abedi Kain, Fjodor Sarevski und Benoit Van Wessels, die alle fünf an ein und demselben Tag durch Tasskis getötet worden waren. Ich bin bereit, sagte sie innerlich, das mir Mögliche für eine Wende zu leisten.

Admiral Hendricks wälzte schwere Gedanken: Sollte er eine schlagkräftige Truppe zusammenstellen, um Soldatin Too aus ihrer Gefangenschaft zu befreien? Aber würde das nicht noch mehr unnötige Opfer kosten? Und vielleicht war ja die ganze Sache ein Wink des Schicksals, der – unter Umständen – sogar eine Wende bewirken könnte. Wer vermochte das im Voraus zu sagen. Es gab doch diese alte chinesische Geschichte aus Terra, mit dem Mann, dessen bestes Pferd weglief. Die Nachbarn bemitleideten ihn. Der Mann selber fragte sich, ob das wirklich ein Verlust sei. Einige Tage später kehrte das Pferd von allein zurück – mit einer kleinen Herde im Schlepptau. Nun riefen alle, was für ein Glück der Mann doch habe. Aber er selber fragte sich wieder, ob dies nicht vielleicht Anlass für ein anderes Unglück sein könnte. Und genau so kam es, denn sein Sohn, ein gesunder und kräftiger Bursche fiel beim Reiten vom Pferd und wurde zum Krüppel. Wieder bemitleideten ihn alle Nachbarn. Der Mann selber wollte sich nicht festlegen: Glück oder Unglück? Und was geschah zum Schluss? An der Nordgrenze des Reiches brach ein Krieg aus und alle waffenfähigen Söhne der Familien wurden eingezogen – ausser dem Krüppel, der unbrauchbar für den Militärdienst war …

Hendricks schmunzelte: Sein eigener Vater hatte ihm oft solche Geschichten erzählt; und wie war es bei ihm gewesen? Er war dumm und naiv zur Armee gegangen, man hatte ihn nach Tago Mago II gebracht, wo er in den Schützengräben um sein Leben kämpfte. Er verlor viele Kameraden, aber durch seinen Mut und seine Intuition gelang es ihm, nicht nur zu überleben, sondern bis zum Rang eines Sergeant aufzusteigen. Die Affäre mit Tanja Tomer reizte seine Sinne, aber ausser einem Mal, als sie sich wie verrückt liebten, damals, kurz vor ihrer Rückkehr zur Erde, versagte er immer im Bett. Auch zuhause lief es nicht besser. Und dann, eines Tages traf er Xaver Wokensen, der unter ihm gedient hatte und inzwischen Psychologe geworden war.

Zuerst erkannte er den Mann gar nicht, weil er unterdessen über sechzig Kilo abgespeckt hatte. Dann aber trafen sie sich ab und zu, Wokensen erkannte, wie deprimiert und kraftlos Hendricks geworden war, der als Sergeant von seinen Leuten geachtet, geschätzt und teilweise sogar geliebt wurde.

Der Psychologe bot ihm an, eine neue Therapie, eine Kombination zwischen Gespräch, Körperübungen und Hypnose zu versuchen. Nach sechs Monaten war Hendricks geheilt: Er konnte wieder sexuell mit Frauen verkehren, aber viel wichtiger war, dass er begriffen hatte, dass Sex schön, aber dass eine intime Beziehung mit achtsamer Kommunikation viel wichtiger war, als die reine Triebabfuhr. Die kurze Affäre mit Tamara Too war in diesem Sinne ein Rückfall, den der Admiral mit dem Stress erklärte, dem sie alle hier oben auf diesem fernen Planeten ausgesetzt waren … Eigentlich gehören Tanja und ich zusammen, dachte Hendricks noch, bevor er sich zu seiner täglichen Truppenvisite aufmachte.

Wokensen und Bezzy lagen nebeneinander. Sie hatten sich über eine Stunde lang geliebt, das glaubte der Psychologe wenigstens. Dass er durch die Pillen seines Freundes wieder ausgeknockt und in einen halluzinatorischen Zustand

versetzt worden war, bemerkte er gar nicht. Er fand es einfach schön, die Wärme des Mannes neben sich im Bett zu spüren. «Hast du noch etwas Neues rausgefunden?», fragte er den Tago Mager. Bezzy nickte. «Ja, Soldatin Too soll in drei Tagen eine Sondermission für die einheimische Armee ausführen.» - «Sondermission?» - «Es geht um die Sprengung eines Objektes.» - «Ah, noch eine Tasski-Fabrik, dachte ich's mir doch.» Bezzy bestätigte ihm dies. «Aber man befürchtet, dass die terranischen Truppen allenfalls einen Befreiungsversuch wagen ...» Wokensen schüttelte den Kopf: «Das kann ich verneinen, ich weiss es aus erster Hand. Man will nicht noch mehr Öl ins Feuer giessen. Aber wie steht es mit Soldatin Too? Hat sie bei dieser Mission Unterstützung?» Bezzy nickte erneut. «Aber klar, sie wird den besten Geleitschutz haben und den allerbesten Begleiter bekommen, den es für diese Mission nur geben kann», sagte der junge Mann. Wokensen war verrückt vor Liebe, er presste sich eng an den Leib des Tago Magers, sie begannen sich zu küssen und zu streicheln, was beide enorm erregte, so dass sie wieder mit ihrem Liebesspiel begannen. Und diesmal war es nicht durch Bezzy's Pillen vorgegaukelt.
Tamara war bereit. Sie würde diese Mission ausführen und erfolgreich abschliessen. Was danach geschah, würde sie

sehen. Zwar hatte man ihre versprochen, dass sie dann zu ihrer Truppe zurückgebracht werde, aber sie war nicht so naiv, dass sie das alles für bare Münze nahm. Heute sagten sie im Generalstab dies, am nächsten Tag das, und am übernächsten genau das Gegenteil von beidem. Das war auch bei den Terranern nicht anders. Admiral Hendricks war ein toller Kerl. Auch im Bett war es ein, zwei Mal toll gewesen – der Rest dann nicht der Rede wert. Aber auch der Admiral war vielen Sachzwängen ausgesetzt, die sich je nach Kriegsverlauf und Grosswetterlage von einem Tag auf den anderen wandeln konnten. «Ich nehme es wie es kommt,» sagte sie nackt vor dem Spiegel in ihrem Badezimmer, «komme, was da kommen soll!»

KAPITEL 6

Erneut spähte Tamara Too hinter der brandgeschwärzten Fassade Richtung Tasski-Fabrik. Diesmal war sie nicht allein, Adjutant Konfer begleitete sie. Der Gestank war genau gleich wie bei ihrer Exkursion mit dem Tago Mager zu diesem Sektor der Front. Schwefel, Schweiss und Verwesung vermischten sich zu einem grässlichen Cocktail für feine Nasen. «Die Androiden hätten kein Problem mit dem Gestank», meinte ihr Begleiter, «aber Sie wissen ja, was mit unseren metallischen Kameraden dort drüben geschieht.» - «Und mit uns? Passiert da nicht dasselbe?» Konfer verneinte: «Sie, Soldatin Too, bestehen doch nicht etwa zu 90-100% aus Metall, oder?» Sie musste lachen. «Nein, da haben Sie Recht, Herr Adjutant.»

Wie lange werden wir wohl brauchen, bis wir bei der Fabrik sind, dachte Tamara. Minen schien es hier keine zu geben, auch von Tasskis war keine Spur zu sehen. «Und wieso glauben Sie eigentlich, dass sich das Magnetfeld auflöst, wenn wir die Fabrik in die Luft sprengen?» - «Unsere Messungen haben das ergeben.» - «Ihre Messungen? Wer hat die denn vorgenommen?» Sie blickte Konfer skeptisch an. «Seraz Gomson und ich – mit Hilfe einer Tasski-Drohne.» Zwei Adjutanten, die Initiative zeigten, dachte die Soldatin. Nun gut. Verlassen wir uns besser darauf ...

Gut eine Stunde später waren die beiden nur noch einen Steinwurf vom Zielobjekt entfernt. Ein alter Schuppen, der in der Mitte durch irgendein Geschoss auseinander gerissen worden war, gab ihnen Deckung. «Sie bleiben hier, sichern mich von hinten ab», sagte Tamara zu Konfer. Wenn ich innert einer Stunde nicht zurück bin, dann hauen sie ab, verstanden?» Der Adjutant nickte. Dann ging Tamara los. Im kleinen Tornister auf ihrem Rücken hatte sie mehrere Sprengladungen. Sie schätzte die Stärke der Mauern als viel solider ein – im Vergleich zur Tasski-Fabrik in ihrem Frontabschnitt. Auch die Lüftungsrohre waren gut einen Drittel höher. Zum Glück, das hatte sie schon beim letzten Mal mit dem Feldstecher des Adjutanten festgestellt, gab es metallene Stufen, die aus den Rohren seitlich herausragten. Wohl zum Zweck einer allfälligen Wartung, dachte sie. Die Strickleiter in ihrem Rucksack würde reichen, um bis auf den Fabrikboden zu gelangen. Tamara erwartete, dass ihre Mission hier bei diesem Gebäude heikler und schwieriger sein würde als die letzte. Als sie am Rohr hochkletterte, blickte sie nochmals zu Konfer rüber. Mit seiner schlanken Statur hätte selbst er sich durch den engen Schacht quetschen können, aber es war wichtig, dass er ihr von aussen Deckung gab. Sie winkte ihm zu und er machte das Victory-Zeichen, Beleg dafür, dass soweit alles in Ordnung war. Das Lüftungsgitter war dicker und dichter als jenes der anderen Tasski-Fabrik und sie brauchte doppelt so viel Zeit, um es durchzuschneiden. Rasch glitt sie über die Stufen der Hängeleiter durch das Rohr, schon hatte sie das untere Gitter aus seiner Fassung gehoben, stand jetzt auf dem Fabrikboden. Scheint eine Art Marmor zu sein, dachte Tamara. Viel besseres Material als bei der anderen Fabrik.

Als sie durch die Gänge schritt, hallten ihre Tritte in der Stille wider. Sie markierte die Wände wie jedes Mal bei einem solchen Einsatz mit roter Kreide. Es ist wärmer hier drin, dachte sie. Sie produzieren auf Hochtouren. Und auch ihre Intuition, die sie dazu gebracht hatte, mehrere Sprengladungen einzupacken, war goldrichtig: Es gab drei Maschinenräume, nicht nur einen. Vorne sah sie einen breiten Quergang, der von vielen Arbeitsrobotern benutzt wurde. Nun musste das Gerät, das ihr Konfer beschafft hatte, sich bewähren: «Das Ding ist ein Tasski-Konverter. Wenn Sie es aktivieren, dann schaffen Sie damit einen Mini-Schutzschild um sich herum. Keiner der Tasskis wird sie so orten können.» Woher der Adjutant das Gerät hatte, verriet er ihr nicht. Bei der ersten Turbine hatte sie ihre Sprengladung schon angebracht.

Nun ging sie weiter zur zweiten und kam dabei an einer Art Cafeteria oder Kantine vorbei: Jede Menge Tasskis hockte da auf kleinen Stühlen. Die einen luden ihre Batterien oder Akkus auf, andere schnüffelten an Dämpfen, die aus grauschwarzen Bottichen in die Höhe stiegen. Die haben ja eine richtige Drogenkultur hier drinnen aufgebaut, staunte die Soldatin. Drogen waren in jeder Armee ein heikles Thema, denn es gab keine Truppen, ohne diese Begleiterscheinungen: Alkohol, Gras, Speed, Opium, Dexalatrin, Halluzinogene und was auch immer – alles wurde konsumiert, für jedes dieser Suchtmittel fand sich irgendwo eine Bezugsquelle, denn man konnte unheimlich viel Geld damit verdienen – und so gleichzeitig den Gegner schwächen.

Bis jetzt verlief der Einsatz wie am Schnürchen: Tamara Too hatte bereits alle drei Sprengladungen angebracht, die Zünder eingestellt und die Ladungen aktiviert. In Abständen von jeweils einer Minute sollten die Explosionen erfolgen. Wenn irgendjemand die erste bzw. die zweite überstand, dann wäre spätestens bei der dritten Schluss. Auch der Tasski-Konverter hatte bis jetzt funktioniert, er machte sie für die Roboter tatsächlich unsichtbar. Und so musste sie keine Zeit damit vergeuden, den einen oder anderen von ihnen mit dem Alpha-Taser ausschalten zu müssen. Immer noch wuselten jede Menge Tasskis und Service-Bots um sie herum. Als Tamara gerade den Rückweg einschlagen wollte, tauchte vor ihr eine Gestalt auf, die doppelt so gross wie ein Tasski war. Schwarz glänzte der Email-Überzug, rote Streifen an den Schultern sowie die gelben Sterne an der Stirn deuteten auf einen Tasski-Offizier hin. Die Soldatin zuckte zusammen. Noch nie war vorne auf ihrem Frontabschnitt ein solches Geschöpf eingesetzt worden. Die Task-Offs, wie man sie im Generalstab der Terraner nannte, stammten noch aus der ersten Versuchsreihe der Produktion. Sie waren lauter Originale, und scheinbar war es den Tasskis nicht gelungen, sie zu klonen oder sonst wie zu reproduzieren. Ob der Tasski-Konverter bei ihm funktionierte? Es schien nicht der Fall zu sein, denn der Task-Off hatte die fremde Soldatin sofort im Visier: Er richtete seine Infrarot-Augen auf sie. Verdammt, der hat sicher eine Waffe, dachte Tamara, zog den Alpha-Taser und zielte auf den Kopf des Gegners. Der Taser schien zu wirken, denn für einen Moment lang wurden die Augen des Task-Offs dunkel, sie waren ausgeschaltet. Aber es dauerte nur kurz, dann öffnete er sie wieder und gleichzeitig ging ein lauter Alarm los: Es war eine dumpfe Sirene, die an- und abschwoll, an- und abschwoll und den Raum in allen unterirdischen Gängen zu erfüllen schien.

Aber die Sirenen waren noch harmlos, denn Tamara hörte, wie überall Gitter von der Decke herunterrasselten – sie riegelten sämtliche Verbindungsgänge ab, der Alarm hatte also weitere Schutzmassnahmen gegen allfällige Eindringlinge ausgelöst. «Heilige Scheisse», dacht die Soldatin, «das kann ja heiter werden.» Aber zuerst musste sie den Task-Off eliminieren: Sie zog eine kleine Handgranate aus ihrem Beutel, entsicherte sie und rollte sie über den Boden zum schwarzen Roboter hin. Der hatte keine Zeit zu reagieren, denn als sie explodierte, riss es ihm beide Metall-Beine weg, sein Inneres verschmorte jämmerlich. Tamara hatte sich mit einem Sprung um die nächste Ecke in Sicherheit gebracht. Die Detonation hallte in den Gängen nach, als sich die Soldatin umdrehte, sah sie, dass auch der Nebengang hinten durch ein Gitter verschlossen worden war. «Verflucht, wie soll ich hier noch rechtzeitig rauskommen?», murmelte Tamara. 'Komm rüber. Komm rüber', hörte sie plötzlich eine innere Stimme sagen, die aber nicht von ihr selber stammte. «Wo rüber denn?» Eine Pause trat ein. 'Hier rüber. Hier rüber. Nach vorn. Nach vorn. Dann links.

Dann links.' Tamara tat das, was ihr diese innere Stimme geboten hatte. Als sie auf dem Gang vorne links abbog, stand ein kleiner Tasski vor ihr. Eines der Standard-Modelle, die aber nicht militärischen Zwecken diente. Tamara blieb stehen: War das vielleicht eine Falle? 'Keine Falle. Keine Falle', tönte es in ihr. 'Komm noch näher. Komm noch näher.' Wider folgte sie dem Befehl. Als sie nur noch zwei, drei Schritte vor dem Tasski stand, sah sie, dass sich dessen Bauch vorne langsam öffnete. Ein silbernes Ei kam zum Vorschein. 'Du auch. Du auch', tönte es. Tamara streifte den Tornister ab, öffnete ihn und zog ihren Talisman heraus. 'Yaki lieb. Yaki lieb'. Verdutzt starrte Tamara den Tasski an: Woher kannte er bloss den Kosenamen, den sie ihrem silbernen Ei gegeben hatte? 'Wir gleiche Serie. Wir gleiche Serie. Wir grosses Eins. Wir grosses Eins', erklärte ihr das Gegenüber. Auf einmal realisierte die Soldatin, dass es bis zur Explosion keine Viertelstunde mehr dauern würde. «Wie komme ich hier raus?», fragte sie den Tasski ganz direkt. 'Du mir folgen. Du mir folgen', hallte es in ihrem Kopf zurück. Sollte sie dem Roboter glauben? Was blieb ihr sonst übrig. «Dann mal los, mein Kleiner!»
Der Tasski rollte auf das Gitter zu, das den Gang versperrte. Hier gab es kein Durchkommen. «Verarsch mich nicht,

Kleiner», rief sie laut. 'Nicht Arsch. Nicht Arsch. Lüftung. Lüftung.' Bei diesen Worten hielt der Tasski vor einem vergitterten Schacht, der auf ungefähr einem Meter Höhe von der Mauer wegführte und dessen Einstieg durch ein Lüftungsgitter versperrt war. Tamara zückte ihr Messer und nach kurzer Anstrengung hatte sie den Rahmen abgelöst. Sie liess ihn auf den Boden fallen. 'Hochheben. Hochheben. Bitte. Bitte', tönte es in ihr. «Du willst da mit mir hinein?», fragte sie verblüfft. 'Führen dich. Führen dich. Viele Schächte. Viele Schächte.' Schon nach wenigen Metern begriff Tamara, wie recht der Tasski gehabt hatte: Das ganze war ein Labyrinth aus Röhren, Schächten, Knotenpunkten und Kreuzungen. Zielspurig rollte der Tasski vor ihr her. Er schien einen Kompass eingebaut zu haben, denn nach ungefähr fünf Minuten sah Tamara vorne Tageslicht. Auch diese Öffnung war vergittert. «Lass mich das machen, Kleiner», sagte sie. Der Tasski begriff, rollte auf die Seite. Tamara zwängte sich an ihm vorbei, ging in Rücklage und knallte ihre beiden Militärstiefel gleichzeitig gegen das Gitter, das sofort nachgab und aussen auf den Boden fiel. Es schepperte einen Moment, als es unten aufprallte. Schnell kletterte Tanja hinaus. Die Öffnung des Schachtes befand sich ebenfalls rund einen Meter über dem Boden.

«Komm, Kleiner, ich hebe dich raus», sagte sie zu ihrem Begleiter. Nicht können. Nicht können, liess er verlauten. «Ach was, du willst doch nicht etwa mit dem ganzen Rest hier in die Luft gehen, oder?» Schnell hob sie den Tasski aus dem Schacht heraus, stellte ihn sanft auf den Boden, aber plötzlich war das silbern Ding vorne am Roboter-Bauch wieder in seinem Inneren verschwunden und der Tasski rührte sich nicht mehr. Scheisse, er ist hier draussen deaktiviert worden, dachte Tamara. Dann wurde ihr klar, es gab nur eines: sie musste weg von hier und zwar so schnell wie möglich!

Soldatin Too sah sich um und begriff sofort, dass sie sich auf der anderen Seite der Fabrik befand, genau in der entgegengesetzten Richtung, wo Adjutant Konfer auf sie wartete. Sie schätzte, dass ihr noch ungefähr fünf Minuten Zeit blieben, denn ihre Uhr war beim Auslösen des Alarms stehengeblieben. Wo soll ich bloss hin? Auf dieser Seite der Fabrik standen noch viele Bäume mit Laub. Die Zerstörung war viel geringer als auf dem anderen Schlachtfeld. Ja, es schien sogar, als ob hier schon lange keine Kämpfe mehr stattgefunden hätten. Zwar hörte man immer noch den Alarm aus dem Inneren des Gebäudes, aber ausser den Absperrgittern, die laut herunter gerasselt waren und so sämtliche Gänge abriegelten, war nichts Bedrohliches mehr passiert.

Tanja lauschte angespannt. Hörte sie da etwa wirklich Wasser rauschen? Es klang wie an jenem Tag, als sie die Tasski-Fabrik in ihrem Frontabschnitt in die Luft gejagt und dann von den Androiden entführt worden war. Aber im Gegensatz zu damals war es jetzt keine Täuschung, denn wenige Meter vor ihren Augen sah sie einen kleinen Bach, der Richtung Westen wegfloss. Sie folgte automatisch dem Gewässer, das Rauschen wurde immer lauter. Ein Wasserfall, da vorne hatte es einen Wasserfall. Das hiess, das Gelände weiter vorne verlief viel tiefer als hier! Dort kann ich mich in Sicherheit bringen. Sie rannte los, nach ein, zwei Minuten war sie beim Wasserfall angelangt, wo das Wasser gut drei Meter in die Tiefe schoss. Ohne zu Zögern sprang sie über die Kante, prallte auf dem sandigen Boden unten auf und rollte sich ab. Plötzlich kam ihr in den Sinn, dass man vor einem Gefecht immer am besten Wasser lösen sollte. «Pinkeln Sie immer, wenn es in den Kampf geht», hatte ihr Ausbildner geraten. «Wenn sie ein Geschoss, eine Kugel oder einen Granatsplitter in die volle Blase bekommen, dann entsteht eine Riesensauerei, sie werden regelrecht zerfetzt.» Tanja streifte schnell ihre Hosen ab, kauerte sich hin und pinkelte, Dann zog sie die Hosen wieder hoch, legte sich flach auf den Boden und presste ihren Körper fest gegen die Felswand, die neben dem Wasserfall in die Höhe stieg. Keinen Moment zu spät, denn schon explodierte die erste Ladung in einem riesigen Feuerball. Schwarzer Rauch schoss in die Höhe, die Druckwelle liess nicht lange auf sich warten, dann explodierte Nummer Zwei, Feuerball, Rauchpilz, Druckwelle, dann Nummer Drei, dito. Es war die reine Apokalypse.

Adjutant Konfer hatte lange gewartet. Er glaubte, dass die Soldatin Too jeden Moment in der Öffnung des Lüftungsrohres auftauchen würde. Da ertönte aus dem Inneren der Tasski-Fabrik ganz deutlich ein Alarm. Zwar drang er nur gedämpft an Konf Konfers Ohren, aber das Geräusch kannte er von vielen Gebäuden der Militärverwaltung. In Kriegszeiten konnte jederzeit eine feindliche Drohne, eine Rakete oder sonst ein Geschoss einschlagen, und sobald der Radar ihres Abwehrschildes sich näherndes Metall ortete, wurde sofort automatisch ein Alarm ausgelöst. Soldatin Too hatte noch eine Viertelstunde, dann wurde es kritisch. Der Adjutant spielte verschiedene Notfallszenarien in seinem Kopf durch: Er musste überlegen, wie lange er noch auf seinem Beobachtungsposten bleiben konnte, wann es für ihn Zeit wurde, sich zurückzuziehen und wo er Deckung suchen sollte. Es gab überall auf dieser Seite der Tasski-Fabrik Schützengräben, aber er wollte nicht den erst-besten davon auswählen. Es sollte ein stabiler Graben mit mehr oder weniger noch intakten Stützen zu beiden Seiten sein, ideal wäre dazu ein Unterstand, der zusätzlichen Schutz bot. Schnell liess er eine Mini-Drohne aufsteigen, die über das Gelände östlich von ihm flog. Schon hatte er eine mögliche Deckung geortet, nun rechnete er mit Hilfe der Drohne aus, wie lange er bis dorthin brauchte. Drei bis fünf Minuten, gut, also würde er noch fünf Minuten warten – und dann seinen Posten hier verlassen. Als die Zeit um war, sprintete er los. Zum Glück gab es keine aktiven Tasskis in diesem Sektor, alles, was er nebenbei aus seinen Augenwinkeln wahrnahm, bestand aus Trümmerteilen zerfetzter Roboter. Schon tauchte der gewählte Schützengraben vor ihm auf, er sprang hinein, rannte weiter bis zum Unterstand und warf sich dort auf den Boden. Dann erfolgte die erste Detonation.

Nachdem Steine, Splitter, Holzteile, Metallstückchen, Drähte, verkohlte Äste und zerfetzte Ziegel auf sie heruntergeprasselt waren, wagte es Tamara, ihre Augen wieder zu öffnen. Sie blieb noch eine Weile erschöpft liegen, als plötzlich spürte, wie sich jemand an ihrem linken Bein zu schaffen machte. Sie drehte sich um und erstarrte: Ein Riesen-Skorpion, sechzig bis siebzig Zentimeter lang, hatte sich an ihre Beine herangeschlichen. Tamara hasste Spinnen, Skorpione waren nicht viel besser – und das hier war ein Riesenbiest. Das Tier streckte einen grauen Fühler nach ihr aus, vermutlich war es durch den Urin angelockt worden, der neben ihr im Boden versickerte. Die Soldatin wusste, dass es auf Tago Mago II solche Viecher gab, aber auf dem Gebiet ihres Frontabschnittes hatte sie noch keiner von ihnen eines gesehen.

Das Gebiet westlich der nun zerstörten Tasski-Fabrik schien zu einem anderen Land zu gehören; auch die Vegetation hier war viel üppiger als rund um ihren Bunker. Und ausserdem gab es praktisch keine Zerstörungen. Die Aktivität der Tasskis hatte sich eindeutig gegen Osten gerichtet. Das Tier bewegte seinen Kopf hin und her. Seine Beine ekelten sie an, aber mit besonderer Besorgnis beobachtete sie seinen Stachel. Ganz langsam, ohne die Aufmerksamkeit des Skorpions auf sich zu ziehen, fuhr sie mit der rechten Hand in ihren Tornister, packte den Alpha-Taser, holte ihn vorsichtig hervor, hob ihn an, zielte und schoss. Sie traf das Biest genau zwischen den Augen. Es zuckte noch einen Moment, dann stürzte es tot auf den feuchten Boden. Sein Körper erschlaffte, nur der Stachel stand immer noch starr in die Luft. Sieht aus wie ein erigierter Penis, dachte Tamara und musste lächeln. Männer sahen alle irgendwie komisch aus in diesem Zustand. Dann hatte sie eine Idee: Sie holte ihr Messer aus der Scheide, beugte sich zum toten Tier und trennte säuberlich den Stachel vom Körper. Eine Waffe, sie hatte sich so eine zusätzliche Waffe verschafft.

Die drei Explosionen waren vorbei, die drei Druckwellen hatten sich gelegt, alles war ruhig, viel zu ruhig. Aber nur einen kurzen Moment, denn als Adjutant Konfer seinen Kopf über den Rand des Schützengrabens streckte, um besser sehen zu können, welche Zerstörungen Soldatin Too mit ihren drei Sprengladungen angerichtet hatte, geschah es: Ein lautes Knirschen ertönte. Dann wurde die Erde an mindestens zehn Stellen plötzlich wie von Zauberhand angehoben. Mehr als zehn Meter breite Platten glitten nun lautlos schräg noch oben. Konfer griff zu seinem Feldstecher. In den Öffnungen erkannte er zuerst gar nichts. Die Platten schimmerten innen silbern, und auf einmal begannen sich Schatten und Schemen auf ihnen zu bewegen. Es waren Spiegelungen, aber in den Schächten darunter wimmelte es von Objekten, die nun ans Tageslicht drängten. Tasski um Tasski erschien auf den Kanten der Rampen, immer zehn Stück in einer Reihe. Und Reihe um Reihe tauchte auf. «Verdammt, die müssen ein riesiges Lager an Robotern haben, da unten», entfuhr es dem Adjutanten. Er zückte sein kleines Funkgerät, um sofort Alarm zu geben. «Hier Leitzentrale, hier Leitzentrale, wer sind Sie?» - «Adjutant Konfer. Melde mich aus dem feindlichen Gebiet bei der Tasski-Fabrik. Korrigiere: Bei der ehemaligen Tasski-Fabrik. Die ist weg, aber dafür strömen hunderte, nein, Tausende von Robotern jetzt dort an die Erdoberfläche. Lösen Sie sofort General-Alarm aus, das hier ist mehr als nur ein Notfall, wir müssen unverzüglich Alarmstufe Rot auslösen und einschreiten.»

Man verband Adjutant Konfer mit General Jetson. Er erstattete Bericht über alles, was sich im Frontabschnitt vor ihm ereignet hatte. «Und Sie glauben, dass das Magnetfeld zerstört wurde?» - «Ich bin mir sicher. Aber testen Sie es einfach: Lassen Sie ein Rakete auf das Gelände der Tasski-Fabrik schiessen. Wenn der Schutzschild noch steht, dann wird sie abprallen und in der Luft explodieren. Und schicken Sie mir sofort einen Gleiter entgegen, der mich aufnehmen soll.» - «Was ist mit Soldatin Too?» - «Keine Ahnung, ich habe nirgends eine Spur von ihr gesehen. Es gab

Alarm im Inneren der Fabrik, vermutlich konnte sie nicht mehr raus und ist bei der Explosion getötet worden», beendete er seinen Bericht. Verdammt schade um sie, dachte er. Soldatin Too war ihm während der paar Wochen, die man sie im Generalstab einquartiert hatte, immer sympathischer geworden.

Tamara Too schrak zusammen: Sie hörte das Geräusch einer herannahenden Rakete. Als sie sich umblickte, sah sie, wie das Geschoss unmittelbar in die Ruinen der gesprengten Fabrik einschlug und Tonnen von Staub aufwirbelte. «Der Schutzschild ist zerstört», dachte sie. «Vielleicht kann ich jetzt zurück.» Doch dann brach auf der östlichen Seite der ehemaligen Fabrik die Hölle los. Granatwerfer fingen an zu bellen, Raketen explodierten im Minutentakt. Schüsse von Maschinengewehren wechselten sich mit dem Geräusch explodierender Minen ab. Was für ein Gemetzel, dachte Tamara. Und es wurde ihr klar, dass sie weiter Richtung Westen gehen musste. Je weiter weg sie vom Zentrum der Kampfzone war, desto besser für sie. Also füllte sie ihre Wasserflasche an einer Quelle, die ganz in der Nähe des Wasserfalles aus dem Boden kam. Dann steckte sie den Stachel des Skorpions in eine Zigaretten-Box, die sie immer bei sich trug: man wusste ja nie …

Sie drehte sich nochmals um. War da weit entfernt durch den Schlachtenlärm hindurch das Geräusch eines Gleiters zu hören? Seine Rotoren, als er im Vertikalanflug gegen den Boden hinabsank? Konfer, es wird Konfer sein. Sie holen ihn da raus. Gut. Dann bin ich also auf mich allein gestellt. Bedauernd dachte sie an den Adjutanten. Er war immer höflich zu ihr gewesen, hatte sie mit Respekt behandelt, ihr in der schwierigen Situation, in der sie sich befand, beigestanden. Sie sah wieder den Riesen-Skorpion vor sich, der sie nur anekelte. Konfers Haut war geschuppt, ja, aber wie gerne hätte sie einmal seinen nackten Körper gesehen. Sie verdrängte diese Gedanken, machte sich auf den Weg. Sie schätzte, dass die Sonne in knapp drei Stunden untergehen würde. Bis dahin wollte sie eine möglichst grosse Distanz zwischen sich und dem Schlachtfeld im Osten schaffen. Auch musste sie einen Unterstand oder Unterschlupf für die Nacht suchen. Besonders, weil es hier scheinbar Tiere gab, die ihr nicht geheuer waren.

Noch im Gleiter drin begann der Adjutant seinen Bericht zu verfassen. Er schrieb in ein kleines schwarzes Quartheft, in dem er alle seine geheimen Einsätze an der Front minutiös protokollierte. Selbst die intimsten Details kamen da zu Wort. Wenn es dann galt, offizielle Berichte abzugeben, dann wählte er aus seinem Material das Notwendige aus, je nach Situation, Institution oder Geheimhaltungsstufe. Keiner im Generalstab war so gewitzt wie er und da er 'nur' den Rang eines Adjutanten bekleidete, also weit unter all den Generälen, Admirälen, Obersten und Sergeanten rangierte, unterschätzte man ihn völlig. Zwar verschaffte ihm die Nähe zum Generalstabs-Chef, zu Cherz Jetson, den nötigen Respekt bei seinen Kameraden, aber nur, weil sich alle vor dem gerissenen, stets kühl agierenden Tritonier fürchteten. Gerade weil der kein Tago Mager war, wurde er von einer Aura aus Geheimnissen, Macht und Tollkühnheit umgeben. Jetson traute man alles zu, nicht zuletzt, weil seine Exzellenz Komaher kaum noch in der Öffentlichkeit auftrat. Man wusste auch nicht, ob der greise Herrscher, die graue Eminenz auf dem Planeten seine Funktionen immer noch selber erfüllen konnte – oder ob er durch die Krankheiten, die man ihm gerüchteweise nachsagte, so geschwächt war, dass er keine Regierungsgewalt mehr besass. Jetson traute man alles zu, deshalb traute ihm niemand …

Zwei Stunden lang war Soldatin Too im Eiltempo nach Westen marschiert. Sie hatte den Schock mit dem Skorpion überwunden, auch den Schrecken, den sie im Inneren der

Tasski-Fabrik empfand, nachdem der Alarm losging und sämtliche Gänge verriegelt worden waren, gut überwunden. Sie sah sich um. Sie war immer dem Lauf des Baches gefolgt, denn sie wollte nicht im Kreis umherirren. Das Gewässer floss stetig leicht bergab, aber geradeaus. Abgesehen davon hatte sie Wasser in der Nähe, wenn sie welches brauchte. Sie schritt durch ein kleines Wäldchen voller Tago Mago-Eichen. Im Schutz eines alten Baumriesen fand sie eine schlichte Kate, die wohl früher von Bauern oder Sammlern genutzt worden war. Die Vorderwand war teilweise zerfallen, aber drei Wände standen noch, Tamara suchte zuerst möglichst viel totes Holz, denn sie wollte nicht ohne den Schutz eines offenen Feuers schlafen. Zwar gab es hier keine Schlangen, aber ein solches Biest wie der Skorpion reichten auch, um sie in Unruhe zu versetzen. Als das Feuer zünftig brannte, machte sie sich ein Nachtlager bereit. Sie hatte Moos und Blätter gesammelt, dann jene Blache darübergelegt, die jeder Soldat in seinem Tornister mit sich führte. Man konnte die Dinger als Sichtschutz brauchen oder zum Schlafsack umfunktionieren, denn die Knöpfe auf der einen passten zu den Knopflöchern auf der anderen Seite. Die Blache gab nicht sehr warm, aber sie bot eine Rückzugsmöglichkeit. Tamara holte die Büchse

mit der Notration hervor. Zwei Kraftriegel, ein Tago-Apfel, drei Scheiben Brot, ein Beutel Soldatenfutter und eine kleine Konservendose mit Corned Beef hatte sie noch als Vorrat. Da sie nicht wusste, ob und wann sie am nächsten Tag etwas Essbares auftreiben konnte, beschloss sie, vorsichtig zu sein und alles in vier Rationen aufzuteilen. Das würde zwei Rationen pro Tag geben, also für die nächsten zwei Tage reichen. Den Apfel wollte sie sich für morgen aufsparen, also gönnte sie sich nur eine Scheibe Brot sowie ein kleines Häufchen von Nüssen, Mandeln und Rosinen, die sich im Beutel befanden. Sie war müde, ja, aber trotzdem gelang es ihr nicht, einzuschlafen. Deshalb ging sie nochmals den ganzen Tag durch, um ihn so besser verarbeiten zu können. Sie staunte immer noch über die Begegnung mit dem kleinen Tasski, auch über das silberne Ei, das vorne in seinem Bauch eingelassen war. Hatten sie wirklich miteinander kommunizieren können? Oder war das reine Einbildung von ihrer Seite? Aber der Tasski hatte ihr geholfen, einen Ausweg aus dem Labyrinth der Lüftungsschächte zu finden, ja, ohne ihn wäre sie nie auf die Idee gekommen, durch dieses System zu flüchten.
Der Gleiter landete im Innenhof des sternförmig angelegten Gebäude des Generalstabs. Adjutant Konfer wusste,

dass er noch heute Nacht von Jetson zum Rapport erwartet wurde. Deshalb ging er schnell zum Aufenthaltsraum der wachhabenden Garde-Abteilung. Er wusste, dass es dort eine Dusche und auch etliche Waschgelegenheiten gab. Er liess Wasser ins Becken, wusch sein dreckiges Gesicht, kämmte sich die Haare. Dass die Uniform überall Flecken aufwies, war ihm egal. Jetson war zwar streng, aber nicht pingelig. Er konnte sehr gut einschätzen, was seine Untergebenen in Einsätzen durchmachten, hatte er doch die tritonischen Truppen während des ganzen zweiten Tago Mago-Krieges angeführt, sich aber dann zum Feind abgesetzt, weil er mit der Strategie des tritonischen Generalstabes überhaupt nicht einverstanden war: Sie hatten zehntausende von junge Soldaten ohne mit der Wimper zu zucken in die Schlachtfelder am östlichen Rand der Front geschickt, wo sie einerseits Kanonenfutter für die Tago Mager, andererseits leichte Beute für die Tasskis geworden waren. Als Jetson dann im Streit einen jungen Offizier tötete, weil der ihn dauernd provoziert hatte, musste er sich innert Sekunden entscheiden – und er wählte die Desertion. Durch seine Erfahrung, auch durch seine Kenntnisse und die gereifte Persönlichkeit, wurde er – über viele Umwege – zur rechten Hand von seiner Exzellenz Komaher ernannt. Der oberste Herrscher des Planeten machte ihn zu seinem Adjutanten – und so begann der unaufhaltsame Aufstieg des Tritoniers Cherz Stetson.

Nachdem er sich frisch gemacht hatte, ging Konf Konfer schnurstracks zu Büro des Generalstab-Chefs, der ihn bereits unruhig erwartete. Er würde wie immer minutiös Bericht erstatten, auch seine Einschätzung der Lage abgeben. Der Adjutant glaubte, dass durch die Zerstörung der Tasski-Fabrik eine Art Notfallplan der Robotergilde ausgelöst worden war. Die Explosion hatte zum richtigen Zeitpunkt stattgefunden, denn wenn man davon ausging, dass andauernd neue Tasskis produziert wurden, dann war das Lager unter der Fabrik je grösser es wurde, eine wirkliche Bedrohung für die Vormacht der Tago Mager in diesem Sektor und auch für ihre Truppen. Als Konfer nun an die Türe von Jetson's Büro klopfte und auf dessen «Herein!» wartete, fiel ihm nochmals Soldatin Too ein. Wenn sie tot war – und das war sie mit aller Wahrscheinlichkeit – bedeutete das einen grossen persönlichen Verlust für ihn.

Tamara dachte an den Hinflug zur Tasski-Fabrik zurück. Ihre Unterhaltung mit Adjutant Konfer war zwar ein wenig gezwungen gewesen, aber sie merkte, dass sie sich beide äusserst sympathisch fanden. Wieder stellte sie sich seinen nackten beschuppten Körper vor. Allmählich wurde sie vom Schlaf übermannt. Sie legte nochmals Holz nach, kuschelte sich dann in ihren Blachen-Schlafsack und begann weg zu dämmern. Wenn sie nicht so müde geworden wäre und sich auf ihren siebten Sinn verlassen hätte, wäre ihre das Augenpaar aufgefallen, das sie seit einiger Zeit aus dem Schutz einer nahe gelegenen Hecke beobachtete. Was sage ich? Ein Augenpaar? Nein, es waren zwei, oder halt, drei, nein gar vier, die alle gemeinsam die unmittelbar vor ihnen auf dem Boden schlafende Soldatin beobachteten.

KAPITEL 7

Seit der tago magische Generalstab vier Stunden zuvor Alarmstufe Rot ausgerufen hatte, brandete Angriffswelle um Angriffswelle gegen die Stellungen der heimischen Armee. Die Kräfte der Tasskis schienen durch die Explosion entfesselt worden, ihre Reserven, die sie wohl seit Wochen, wenn nicht Monaten in geheimen Depots und unterirdischen Basen angehäuft hatten, waren nun alle von der Leine gelassen worden. Die Verluste der Tago Mago-Infanterie waren grauenhaft: Mann um Mann wurde von den kleinen agilen Kampfrobotern ausgeschaltet. «Was für ein Blutzoll», meldete Erkosch Kamafer, der oberste General von der Front. «Wenn das so weitergeht, werden wir nächstens unsere Stellungen räumen müssen.» Kamafer gehörte wie General Jetson zu jenen Tritoniern, die im Lauf des zweiten Krieges zum Feind übergelaufen waren. Der Chef des Generalstabes dachte bereits daran, eine der letzten fünf Proto-Bomben einzusetzen, wenn es ihnen in den nächsten 24 Stunden nicht gelingen würde, den Feind zurückzudrängen.

«Was ist eigentlich im Hinterland bei den Tago Mago-Stellungen los?», wurde Sergeantin Tomer bei ihrer wö-

chentlichen Visite im Bunker von Procter gefragt. «Wir registrieren seit Stunden dauernde Kämpfe, hören dumpfe Explosionen, sehen die Fontänen von Granateinschlägen.» Die Sergeantin schüttelte den Kopf. «Keine Ahnung, Korporal. In unserem Generalstab haben wir in den letzten Wochen nichts vernommen, was auf eine gesteigerte Aktivität der Tago Mager hinweisen würde. Unsere Agenten sind in der Regel sehr gut informiert. Das Einzige, was wir vermuten, nun – aber das bleibt unter uns, verstanden?» Baxter und seine Kameraden nickten. «Und ich erzähle es Ihnen nur, weil Soldatin Too dabei eine Rolle spielt: Wir vermuten, dass sie nicht grundlos entführt wurde, sondern für einen Spezialeinsatz» Alle dachten sofort an ihre Mission in der Tasski-Fabrik. «Wir haben in kurzen Abständen drei gewaltige Detonationen gehört», meinte der Gefreite de Boorst da. «Gut möglich, dass es Tamara war. Ich glaubte schon immer, dass sie eine wichtige Rolle in diesem Krieg spielen wird.» - «Das sagt der Calvinist in Ihnen, nicht wahr, de Boorst?» Der Gefreite nickte. «Ja. Und ich denke, die Gegenseite hat Wind von ihren Fähigkeiten bekommen, wie auch immer ...»
Der tago magische Generalstab hatte sofort einen Krisenstab gebildet, der mit der bedrohlichen Situation umgehen

sollte. Neben Generals Cherz Jetson, der diesen Ausschuss leitete, gehörten sein persönlicher Adjutant Seraz Gomson, der junge Konf Konfer sowie drei weitere Offiziere in höheren Rängen dazu. «Adjutant Konfer wird uns kurz Bericht erstatten: Schiessen Sie los, Adjutant!» Konfer berichtete, was er am Tag zuvor direkt vor Ort erlebt hatte, beschrieb die erfolgreiche Mission der terranischen Soldatin sowie alles, was sich nach den drei Explosionen ereignet hatte. «Bis spät in die Nacht brandeten die Angriffswellen der Tasskis gegen unsere vordersten Stellungen. Wir benötigten zwölf Stunden, um alle Kräfte zu mobilisieren, mussten uns aber schliesslich der Übermacht beugen und unsere Soldaten mehrere Schützengräben zurückziehen. Im Moment halten wir den Tasski-Horden stand, aber wir können nicht abschätzen, wie viele von denen da draussen noch auf ihre Einsätze warten.» Jetson übernahm das Wort: «Da sich ihre Kräfte auf mehrere Dutzend Frontabschnitte verteilen, also nirgends bündeln, können wir auch unsere Geheimwaffe nicht einsetzen. Der Effekt würde wirkungslos verpuffen. Allerdings ist nun die gesamte Garde aufgeboten worden – inklusive der *stillen Reserven*, also jener Teile, die eigentlich schon ausgemustert waren. Sie erhalten gerade ein Upgrade, damit wir sie auf dem neuesten Stand einsetzen können.» Der Chef des Generalstabes machte eine kurze Pause. «Wenn wir aber weiterhin keine Erfolge erzielen, dann werden wir Dispositiv 3XB anwenden müssen.» Die übrigen Mitglieder des Krisentabes starrten ihren Chef an: Dispositiv 3XB besagte, dass man unter Umständen mit dem Feind, also der terranischen Armee auf Tago Mago paktieren müsste.

General Kamafer meldete sich bei Jetson: «Das ist die grösste Tasski-Offensive, die es je gegeben hat; weder im ersten, noch im zweiten Tago Mago-Krieg haben wir etwas Derartiges gesehen. Erlauben Sie mir einen entomologischen Vergleich: Es ist, als ob die Soldatin Too mit ihrem Einsatz in ein gigantisches Wespennetz gestochen hätte.» Jetson musste trotz seiner geistigen Anspannung lächeln: Kamafer war ein passionierter Insektensammler. Dass sich all seine Zitate auf sämtliche Spezies dieser kleinen Viecher bezogen, war legendär. Jetson wandte sich erneut an den General: «Adjutant Konfer wird in wenigen Minuten von einem Kopter abgeholt, der ihn dann am Westabschnitt der Front unmittelbar hinter den Linien absetzen wird. Er will sich persönlich ein Bild von den Kämpfen machen. Übrigens: Ernennen Sie ihn zum Special Officer in Mission, zum SOM, er wird in der Befehlskette direkt unter Ihnen stehen, General. Und er erhält nicht nur Zugang zu allen Truppen, Anlagen und Bunkern, sondern auch freie Hand. Wenn er einen Vorschlag bringt, sind Sie der einzige, der ihn absegnen muss, verstanden?» General Kamafer nickte. Er kannte den jungen Adjutanten, wusste wie ehrgeizig er war und weshalb er in so kurzer Zeit eine so steile Karriere in der Armee machen konnte. Er wusste auch ideal mit den Leuten umzugehen – sowohl seinen Vorgesetzten, als auch seinen Untergebenen. Er konnte völlig neutral bleiben, sich diplomatisch geben oder dann unvermittelt Partei ergreifen, immer im Sinne der Sache – und seiner Karriere. Und er wusste auch, wie man sich Freunde machte: Hatte er doch General Kamafer ein versteinertes Mini-Skorpion aus der Pass-Père-Zeit geschenkt, eines jener Tiere, die als Vorfahren der heutigen Riesen-Skorpione auf Tago Mago II galten. Wo er das Ding aufzutreiben vermochte, hatte er dem General nie verraten.

Schon von weitem hörte SOM Konfer das Bellen der Gewehre, die Explosionen der Tasskis, die Einschläge und Detonationen. Gerade mal zwei Kilometer hinter der Front setzte ihn der Tago-Kopter im Schutz eines grossen Bunkers ab. Schon wartete ein Scout auf ihn, der ihn an die Front bringen sollte. «Korporal Zemver, nicht wahr?», fragte Konfer und bot dem Gegenüber sofort eine Zigarette an. «Aye, aye, Sir. Danke.» Auch Konfer steckte sich einen Glimmstängel an. «Rauchen wir erst eine, bevor wir in die Hölle gehen», meinte er lakonisch. Der Korporal nickte: «Das können Sie laut sagen, Officer. Sowas habe ich in den vier Jahren meiner Dienstzeit an der Front noch nie erlebt! Wir werden regelrecht überrannt von diesen verfluchten Tasskis.» Fünf Minuten später waren die beiden Männer zu Fuss unterwegs. Der Korporal kannte den Sektor in- und auswendig, er führte den SOM von einem Schützengraben zum nächsten, wechselte die Richtung, lotste ihn durch mehrere Tunnels, die sie schon vor Monaten, ja zum Teil vor Jahren gegraben hatten. Nach einer halben Stunde kamen sie durch einen engen Schacht zum vordersten Bunker des Streckenabschnitts. Pausenlos hämmerten Maschinengewehre, Kugeln pfiffen über das Bunkerdach, viele prallten auf die Betonwände. Es war ein beständiges Klacken, das einem schon nach wenigen Minuten völlig auf die Nerven ging. «Achtung da vorne, Köpfe runter!», schrie der diensthabende Offizier im Bunker, ein wahrer Riese für einen Tago Mager, mit bulliger Gestalt. «Sergeant Offhomer, nicht wahr?», fragte der SOM. Der Sergeant nickte. «Verdammt, Quelson und Hosz, wollen Sie noch heute den Löffel abgeben? Nehmen Sie verdammt nochmal ihre Köpfe runter!» Quelson folgte dem Befehl des Sergeanten, doch Hosz schien entweder taub oder betäubt zu sein. Er zögerte einen Moment und schon zerplatzte sein Kopf mit einem lauten Knall. «Verfluchte Scheiss-Tasskis! Schiessen Sie endlich Quelson, oder Sie erleiden dasselbe Schicksal wie ihr Kamerad!»

Als sich die Front vor ihnen ein wenig beruhigte, liess sich SOM Konfer vom Sergeanten die Lage erklären. «Pausenlos, sie rennen pausenlos an. Früher waren die Tasskis ja eigentlich nur vereinzelt Infanteristen, sie ergänzten einfach unsere Truppen. Aber jetzt, seit sie sich gegen uns gewendet haben, sind sie wie das hiesige Fussvolk organisiert. Sie bilden Zehnereinheiten mit einem Ober-Tasski. Der sieht genau so aus wie sie, hat aber auf jeder Schulter ein rotes Dreieck. Und die Kerle sind wirklich schlau: Sie stürmen nicht einfach planlos übers Schlachtfeld, wie man erwarten könnte, also sind nicht aufgereiht wie an einer Perlenkette, sondern sie ergänzen sich, geben sich Deckung, haben einen oder zwei in der Vorhut …» Konfer staunte. «Wow, Sergeant, das ist eine äusserst präzise Einschätzung!» Der SOM hatte genau aus diesem Grund Sergeant Offhomer für seine Visite an der Front ausgewählt. Er wusste, dass dieser

Riese nicht nur ein hervorragender Kämpfer, sondern auch ein ausgezeichneter Analytiker war. Nicht umsonst hatte Offhomer die bekannte Militärakademie auf Tago Mago I besucht. «Aber kommen Sie mit, Special Officer. Ich zeige Ihnen das Dispositiv des Feindes noch genauer.» Er deutete auf den Gang, der auf der rechten Bunkerwand nach draussen führte. «Wir müssen etwas dreissig Meter durch die Röhre kriechen, dann sind wir im Schützengraben. Weiter östlich haben wir auf erhöhter Position einen Ausguck. Von da aus sehen Sie alles noch viel besser.»

Keine zwanzig Minuten später waren SOM Konfer und Sergeant Offhomer beim Späh-Posten angelangt. Eine felsige Partie erhob sich rund fünfzehn Meter über den Rest des Geländes. Die Tago Mago-Pioniere hatten einen Teil des Felsens ausgehöhlt und so einen natürlichen Bunker geschaffen. Von hier aus sah man weit über das Schlachtfeld. Überall stiegen Rauchfahnen auf, die Pilze von Explosionen schossen in den Himmel, brennende Unterstände schickten schwarzen Rauch quer übers Gelände, man sah Mündungsfeuer, hin und wieder rote oder blaue Fahnen, die Ziele signalisierten oder andere Befehle weitergaben. «Da vorne versteht man sein eigenes Wort nicht mehr», erklärte der Sergeant. Konfer nickte. Er kannte das aus eigener Erfahrung. Drei Jahre lang hatte er selber einen Zug als Korporal, dann sechs Züge als Sergeant angeführt. «Da schauen sie schräg nordwestlich von uns, vor dem halb zerstörten Gebäude, da sehen Sie, wie die Tasskis ticken!» Der SOM richtete seinen Feldstecher auf die vom Sergeanten bezeichnete Stelle: Tatsächlich, da kämpfte sich ein Tasski-Zug nach vorne. An der Spitze hatten sie einen Scout, dann kamen zwei Späher, dann auf jeder Seite ein Tasski als Deckung, dahinter kamen je zwei und ganz am Schluss reihte sich der Ober-Tasski ein. Als einer der Späher durch einen feindlichen Schuss ausgeschaltet wurde, nahm sofort der Tasski dahinter seine Position ein. «Die können sich auf irgendeine Art verständigen, das ist verrückt», meinte der Sergeant. Konfer wusste natürlich, dass es sich um Telepathie handelte, denn genau deshalb war Soldatin Too so wertvoll für sie, weil sie die Schwingungen der Roboter spürte und so ihre Absichten vorhersehen konnte.

Je länger Tamara nach Westen schritt, desto leiser wurden die Geräusche von der Front. Sie durchquerte ein breites Tal, immer dem Lauf des Baches folgend, der allmählich zu einem kleinen Fluss geworden war. Gegen Mittag machte sie Rast. Sie zündete ein Feuer an, briet sich die Hälfte ihres Corned Beef in ihrer Gamelle, ass einen halben Ap-

fel. Unterwegs hatte sie Heso-Beeren gefunden, kleine rote, nicht unbedingt süsse Früchte, die aber essbar waren. Sie hatte eine Box damit gefüllt. Die würde es zum Nachtisch geben. Weil sie genug Zeit hatte, braute sie sich sogar einen Hector-Tee, jene Marke, die sie am meisten mochte. Die tritonischen Truppen importierten ihn aus ihrer Heimat und Soldatin Too hatte sich eine Dose davon gegen Zigaretten eingetauscht. Sie rauchte nicht, das Zeugs brachte sie nur zum Husten. «Heso-Beeren und Hector-Tee», dachte sie lächelnd, «das klingt direkt idyllisch.» Plötzlich blickte sie sich um. Schon seit sie das Nachtlager verlassen hatte, spürte sie eine fremde Präsenz. Es waren sicher keine Tasskis, denn das übliche Zerren im Bauch fehlte bei diesen Schwingungen, die eindeutig von Hominiden stammten. Es mussten zwei oder drei sein, die sich aber bis jetzt sehr gut tarnten. Tamara ass von den Beeren, trank aus ihrem Becher Tee. Sie versuchte, mit den Unbekannten Kontakt aufzunehmen. «Bin friedlich gesinnt. Habe noch Tee übrig. Auch ein wenig Beeren. Zeigt euch ruhig.» Als sie diese Gedanken rund fünf Minuten lang immer wieder innerlich wie Sutras rezitiert hatte, tauchte auf einmal eine Gestalt zwischen den Stämmen des Kiefernwäldchens auf.
SOM Konfer hatte genug gesehen. «Kehren wir zum Bun-

ker zurück. Ich werde mich abholen lassen und dann dem Generalstab direkt Meldung machen», sagte er zu Sergeant Offhomer. «Tun Sie das, Special Officer, Sie haben ja gesehen, was hier vorne los ist. Wir brauchen dringend Verstärkung. Ich schätze, wir müssten drei Mal soviel Soldaten haben, um dem Ansturm auf die Länge gewachsen zu sein.» Auf dem Rückweg übernahm SOM Konfer das Kommando. Der Sergeant wusste, dass sein hoher Besucher ein phänomenales Gedächtnis hatte, sich jedes noch so kleine Detail sofort einprägen konnte. Als sie beim letzten Schützengraben neben dem Bunker ankamen, wurden sie plötzlich von Artillerie beschossen. Doch die Granaten kamen nicht von vorne, sondern von hinten. «Diese Idioten da hinten!», rief der Sergeant erbost. «Friendly Fire», schrie Konfer dem Wachtposten beim Eingang zum Tunnel, der direkt in den Bunker führte zu, «Melden Sie sofort Friendly Fire, Soldat, der Funker muss die Trottel da hinten sofort warnen.» Der Wachtposten gehorche, kroch in den Tunnel hinein. Genau in diesem Moment kletterte ein Tasski über den Rand des Schützengrabens. SOM Konfer entdeckt ihn einen Sekundenbruchteil zu spät, als er seine Waffe abfeuerte, hatte sein Gegenüber bereits geschossen. Zum Glück zielte er ungenau, denn seine Salve traf nur die Stützmauern des Grabens. Doch die abprallenden Kugeln pfiffen Konfer und Sergeant Offhomer um die Ohren. Konfer hingegen hatte genau ins Schwarze getroffen, der Kopf des Tasskis war explodiert. «Sie bluten ja, Special Officer», rief der Sergeant. Konfers Stirn war von einem Querschläger gestreift worden. «Nicht schlimm, nur ein Kratzer», meinte Konfer. «Sie haben sicher einen Sani, der kann mich verarzten.» Als sie im Bunker anlangten, wurden sie sofort von den Soldaten begrüsst. Der Sanitäter im Zug eilte herbei, sprühte eine desinfizierende Lösung auf die Wunde des SOM und legte ihm einen Kopfverband an. «Es ist nicht schlimm, Special Officer. Aber lassen Sie die Wunde morgen von einem Arzt auf der Basis anschauen. Die Munition der Tasskis ist oft Schrott und enthält manchmal Rost. Das könnte unter Umständen zu einer Blutvergiftung führen.» Der Special Officer bedankte sich für die Behandlung und drückte dem Sanitäter eine kleine Packung Zigaretten in die Hand. Auch dem Sergeant übergab er eine grosse Box mit Zigaretten und Schokolade. «Verteilen Sie die an die Männer, Sergeant. Hier wird gute Arbeit geleistet». Und zu den Soldaten gewandt, fügte er hinzu: «Wer sich an die Befehle von Sergeant Offhomer hält, steigert seine Chancen, in dieser Hölle hier zu überleben. Denken Sie, was vor gut drei Stunden passiert ist. Soldat Quelson weilt immer noch unter uns. Soldat Hosz hat das Zeitliche gesegnet. Das ist der entscheidende Unterschied.» Die Männer applaudierten und riefen laut «Hurra, es lebe der Special Officer!» Sie wussten es zu schätzen, wenn sich Offiziere mit so hohen Rängen nicht nur bei ihnen blicken liessen, sondern auch noch Mitgefühl für sie zeigten.

«Ihr seid Tago Mago-Soldaten, nicht wahr?», fragte Tamara Too ihre Besucher. Zwar hatten die vier Personen, zwei Männer und zwei Frauen, keine wirklichen Uniformen an, aber einzelne Teile ihrer Kleidung deuteten eine frühere Zugehörigkeit zur Armee an. «Wir sein desertiert», radebrechte ein junger Mann um die 25. Er schien der Anführer der vier zu sein. «Mein Name sein Spexer. Das da sein Javerson», dabei deutete er auf den anderen Mann. «Und Frauen heissen Tullifera» - die grössere Ex-Soldatin hob ihre rechte Hand – «und Komba.» Die zuletzt genannte glich Tamara Too ziemlich: Kleine Statur, schlanke Figur, zierliche Hände und mandelförmige Augen. Sie wird asamagonische Adern haben, dachte die Soldatin, denn auf Tago Mago I hatten sich in den letzten hundert Jahren viele Asiaten aus Terra angesiedelt; etliche davon waren auch auf dem hiesigen Planeten eingewandert. «Kommt ihr aus dem

Kampfgebiet da drüben?», wollte Tamara nun von ihren Besuchern wissen. Der Wortführer Spexer schüttelte den Kopf: «Nein, wir schon länger hier in Wäldern. Seit vielen Wochen.» - «Uns weshalb seid ihr aus der Tago Mago-Armee desertiert?», fragte sie ihn ganz direkt. «Wir schlecht behandeln. Viel geschlagen. Wenig essen. Keine Respekt.» Es stimmte also, dass viele der heimischen Truppenteile demoralisiert waren. «Letzte Jahr noch gehen. Dann wir neue Sergeant. Pollanika. Sergeant Pollanika. Nur schreien. Nur schimpfen. Nur schlagen.» - «Ihr wurdet geschlagen, vom eigenen Sergeant?» - «Ja, er viele prügeln. Jede Tag mindistens zwei Soldaten verprügeln. Er böse Mann. Aber er viel Macht. Er Neffe von Jetson.» Da habe ich echt Glück gehabt, dass ich von Adjutant Konfer betreut worden bin, dachte Tamara. «Habt ihr Hunger?», fragte sie die vier Besucher nun. «Wir haben Hunger. Wir aber auch haben Hasen.» Bei diesen Worten holte Javerson einen grossen fetten Tago-Hasen aus seinem Rucksack hervor. «Wir können braten. Und gemeinsam essen. Wenn du verstanden bist.» Tamara musste lachen. «Aber gern, macht es euch bequem.» Sie hegte keinerlei Bedenken, hatte auch keine Angst, denn ihr siebter Sinn sagte ihr, dass sie den vier Fahnenflüchtigen bedenkenlos vertrauen konnte.

Der Generalstabs-Chef hörte mit bedrückter Miene zu, als Special Officer Konfer von seinem Abstecher an die Front berichtete. Dann sagte Jetson: «Ich verstehe das Ganze nicht. In diesem Sektor hatten wir bis jetzt nur kleine Scharmützel mit Resten von tritonischen Truppen sowie ab und zu Kämpfe mit abtrünnigen Einheiten. Aber weder die Tritonier, noch die Deserteure konnten unsere Stellungen gefährden und noch nie ist es dort vorgekommen, dass wir uns zurückziehen müssen. Ist wirklich der Verlust ihrer Fabrik der Auslöser für die Offensive der Tasskis gewesen?», fragte er in die Runde. «Offensichtlich schon», ergriff Adjutant Gomson das Wort. «Es könnte sein, dass sie ein entsprechendes Dispositiv erarbeitet haben: Wir benutzen die Fabrik solange wir können, produzieren so viele Tasskis wie möglich und schlagen los, wenn wir innerhalb des Magnetfeldes angegriffen werden. Die drei Explosionen, die Soldatin Too ausgelöst hat, sind als ein solcher Angriff gewertet worden, was sie ja auch waren …» Als Konfer hörte, wie Adjutant Gomson den Namen von Tamara aussprach, spürte er einen Stich in seiner Brust. Sie war mehr als nur eine Gegnerin gewesen, die er hier in der Zentrale betreut hatte, nein, sie war ihm – ans Herz gewachsen. Jetson bemerkte, dass der Special Officer über etwas nachsann, deshalb fragte er ihn direkt: «Wie ist ihre Meinung zum Ganzen?» Doch noch bevor Konfer eine Antwort geben konnte, klopfte es an die Tür des Sitzungszimmers. «Herein!», rief Jetson laut. Ein Meldeoffizier salutierte, dann hielt er dem General eines der letzten Telefone hin, die noch funktionierten: «General Kamafer am Apparat, General. Es ist dringend, General!» Jetson nahm ihm das schwarze Gerät ab, und befahl ihm mit einer Geste, sich zu entfernen. «Hier Jetson, ich höre? Ah, General Kamafer – etwas Dringendes.» Dann hörte man undeutlich die Stimme des Generals an der Front. Jetson's Gesicht wurde bleich und bleicher, ja, es schien allmählich zu versteinern. «Sind Sie absolut sicher, General?», fragte er leise. «Gut, wir werden die entsprechenden Massnahmen einleiten.» Als ihr oberster Chef zu sprechen begann, realisierten die fünf Männer im Raum, dass die Sache wirklich ernst war. Noch nie hatten sie Jetson so erlebt. «Meine Herren, wir sind in grosser Bedrängnis. Auf dem zweiten Frontabschnitt haben die Tasskis so gut wie alle unsere Truppen vernichtet und die Garnison von Kompaseran erobert. Unsere Verluste an den anderen Fronten sind ebenfalls enorm. Deshalb treffe ich als Kommandant der tago magischen Streitkräfte folgende Entscheidungen, die ohne Verzug, also sofort umgesetzt oder in Angriff genommen werden müssen: Erstens räumen wir das Gebiet um die Garnison grossflächig und zerstören sie durch eine der Proton-Bomben. Zweitens alarmieren wir sämtliche Reserve-Einheiten und rekrutieren auch unter den 16-20-jährigen Männern und Frauen neue Soldaten. Und drittens wird das Dispositiv 3XB per sofort in Kraft gesetzt. Sie, Special Officer, werden damit beauftragt, offizielle Kontakte mit dem Generalstab der Terraner in die Wege zu leiten.» Konfer nickte: «Zu Befehl, General. Wann soll ich starten?» Jetson musste lächeln, sein Lieblingsadjutant war wie immer auf Zack. «Sofort, Sie können unsere Sitzung verlassen und machen sich sofort auf den Weg. Ihr Hauptkontakt sollte gemäss Mitteilungen des Geheimdienstes heute Nacht im Blue Delight Club sein.» Konfer salutierte und verabschiedete sich von den übrigen Männern.

Der Hasenbraten schmeckte ausgezeichnet. «Sie sind eine gute Köchin, Schwester Komba.» Die Tago Mago-Frau lächelte verlegen. «Ich können kochen. Lala soso.» Tamara wusste, wie sie mit den Einheimischen umgehen musste, der Gebrauch der Anrede *Schwester* zeigte, dass sie die Sitten der Hiesigen kannte, die sich im familiären Gebrauch alle als Bruder oder Schwester anredeten. Spexer trank die

Tasse Tee, die ihm die Soldatin angeboten hatte, mit grossem Genuss. Er räusperte sich und fragte dann: «Schwester Tamara. Wieso Sie sein hier? Gebiet von Terraner doch viel weiter in Osten?» Sie nickte: «Gute Frage, Bruder. Nun, der Generalstab von Tago Mago hat mich entführen lassen und für eine Mission angeworben.» Die vier Besucher blickten sie ratlos an. «Sie entführen? Für Mission?» Tamara grinste: «Nun ja, es ist ein wenig kompliziert, aber ich kann es euch erklären.» - «Du erklären. Du erzählen Geschichte von du. Wir gerne hören Geschichten. Wir hören zu und trinken Tee», meinte Spexer lachend. Und dann begann Tamara den vier Tago Mago-Deserteuren ihr Abenteuer zu schildern ...

KAPITEL 8

Konfer stand nackt vor dem Spiegel – und war sehr mit sich zufrieden. Er kam seinem Hauptziel immer näher. Viele Ereignisse der letzten Tage und Wochen hatten ihm zugearbeitet, ihm in die Hände gespielt. Aufmerksam betrachtete er seinen Körper: Kein Gramm Fett zu viel war zu sehen, seine geschuppte Haut war gepflegt, wirkte überall ausgeglichen. Selbst Terraner *fuhren* auf ihn *ab*, wie sie das nannten. Die Triebe der Menschen waren eine Schwachstelle, das war Konfer im Verlauf der dritten Welle klargeworden. Nicht nur Sex, nein, auch Drogen, Geld, Macht, Ruhm und Ehre wirkten als starker Motor in ihren Handlungen, obwohl sie weder Roboter, noch Androiden und schon gar keine Tasskis waren. Ah, die Tasskis, diese elenden kleinen gefährlichen Mistdinger. Genau sie hatten ihm viele Vorteile verschafft. Man musste nur am richtigen Ort bei ihnen ansetzen. Als Konfer an den heutigen Abend dachte, wurde er erregt: Sein Geschlecht versteifte sich. Was für ein Wunderwerk! Wohl diese gefiel den Terranern – ob Männer oder Frauen spielte keine Rolle. Sie erwarteten immer, dass auch seine Männlichkeit grün geschuppt sein müsste … Sie waren ja so neugierig, konnten es jeweils kaum erwarten, ihn zu entkleiden, ihn nackt vor sich zu sehen und an sich zu ziehen … Heute Nacht, ja, da würde er seinen Triumph geniessen, denn er, Konf Konfer, Adjutant von Cherz Gerson, seit neuestem auch SOM, Special Officer of Mission, mit ausgedehnten Befugnissen, er würde die Verhandlungen zu Disposition 3XB einleiten und anführen, da gab es keinen Zweifel, diese Gespräche und auch mögliche Abkommen oder Verträge würden ganz klar seine Handschrift tragen. Konfer betrachtete stolz seine aufgereckte Männlichkeit: «Du wirst mir heute Nacht gute Dienste leisten». Dann wandte er sich ab und machte sich für seine Mission bereit.

In Zivilkleidung betrat er den Hangar, wo der Kopter-Gleiter schon bereit stand. Der Flug nach Ekabar dauerte nicht länger als eine Stunde. Seit die Truppen der EMT-Föderation dort stationiert waren, hatte sich das Gelände rund um die Basis in eine Stadt mit über 80'000 Einwohnern verwandelt. Läden, Bars, Coffee-Shops und viele andere Betriebe waren hinzugekommen. Neben Angehörigen der fremden Streitkräfte lebten auch viel Einheimische dort, die sich vom Lebensstil der Fremden anlocken liessen. Junge Tago Mago-Frauen suchten Ehemänner oder Freier, die sie aushielten. Handwerker eröffneten kleine Betriebe, boten

Dienstleistungen an, die von den Streitkräften selber nicht abgedeckt wurden. Deshalb würde Konfer nicht auffallen. Er hatte eine legere Kleidung aus grauem Flanell gewählt, dazu eine Kamer-Krawatte und eine schicke Schirmmütze. Seine Turnschuhe stammten von Veksomer, einem jungen tritonischen Designer, der sich auch in Ekabar niedergelassen hatte und eine Art Militär-Chic propagierte. Als der Gleiter abhob, lehnte sich der Special Officer in seinem Sitz zurück. Noch sah der Kopter wie eine Maschine der Tago Mago-Armee aus; von Luftwaffe konnte man bei ihnen nicht sprechen, verfügten sie nur noch über ein Dutzend Gleiter, alle ihre Jets und Transportmaschinen waren während des laufenden Krieges von der feindlichen Luftabwehr oder von ihren Jägern abgeschossen worden. Nach Hälfte der Strecke ging der Kopter in einem kleinen Wäldchen runter. Ein gut getarnter Hangar lag verborgen unter den immergrünen Blätter von Riesenfarnen, die hier sprossen. Der Gleiter rollte vor das Tor, wo nun eine identische Maschine, aber in den Tarnfarben der EMT-Föderation heranrollte. Konfer stieg aus und in die andere Maschine ein, die sofort abhob. Der Tago Mago-Gleiter rollte dafür in den Hangar. Eigentlich ganz einfach, dachte der Special Officer, man muss nur darauf kommen …

Tamara hatte sich schnell mit den vier Deserteuren angefreundet. Spexer war ein aufgeweckter Bursche, der gerne Gespräche aller Art führte. Javerson gehörte zu den Schweigern, aber man merkte, dass er eine natürliche Autorität besass. Die Soldatin glaubte, dass er der führende Kopf des Quartetts war. Tullifera schien die Freundin von Javerson zu sein. Auch sie wirkte eher schweigsam. Und Komba, ja, Komba erschien ihr wie eine Seelenverwandte: Sie glichen sich nicht nur äusserlich, sondern Tamara merkte, dass die zierliche Frau eine zielstrebige Person und auch eine sehr geschickte Kämpferin sein musste. Im Gegensatz zu den drei anderen war ihre Haut nicht grün, sondern grau gefärbt mit einem bläulichen Unterton. In Uniform muss sie umwerfend aussehen, dachte die Terranerin. Und ihr wurde bewusst, wie wichtig die Wirkung von spezieller Kleidung bei vielen Spezies war. Hatte nicht sie selber den Entschluss, in die terranische Armee einzutreten, auch auf Grund von jenen Uniformen gefasst, die ihr so gut gefielen? Schon in der High-School hatte sie sich vorgestellt, wie sie darin aussehen würde, und war deshalb auch zu den Majoretten gegangen. Die Cheerleader passten ihr nicht, denn sie kamen ihr immer wie primitive Sexualobjekte für Männerphantasien vor, aber als Majorette, die bei Paraden oder sonstigen Festanlässen mitmarschieren durfte, da, ja, sie gab es zu, spürte sie immer ein gewisse erotische Erregung. Ähnlich wie bei den Begegnungen mit den Tasskis, nur dass diese eindeutig mit dem Einsatz von Gewalt und dem Töten gekoppelt war …

Nachdem der Gleiter auf der Basis gelandet war – Konfer hatte ihn unter dem Namen eines fiktiven tritonischen Obersten registrieren lassen, nahm er ein Degu, das ihn rüber ins Zentrum von Ekabar brachte. Der Generalstab hatte sich in einem grossen Komplex ganz in der Nähe eingemietet. Man wollte Volksnähe zeigen, nicht isoliert auf dem Militär-Campus agieren. Durch seine Kanäle hatte sich Special Officer Konfer angemeldet. Er hoffte, den Generalstab noch heute Nachmittag von seinem Angebot überzeugen zu können. Seine Enttäuschung war gross, als er nicht von General Hendricks, sondern von dessen Stellvertreter Jerry A. Coen empfangen wurde. «Es tut mir leid», sagte Coen, nachdem er seinen Gast begrüsst hatte. «General Hendricks ist gezwungen, eine Sonder-Inspektion im westlichen Frontabschnitt durchzuführen. Sie wissen ja, dass dort im Moment starke Gefechte geführt werden; allerdings ohne dass unserer tritonischen Verbündeten, die den Abschnitt kontrollieren, dabei involviert wären.» Konfer nickte. Er wusste nur zu gut, was dort vor sich ging, hatte er sich doch noch vor 48 Stunden dort aufgehalten. «Wir haben unser Treffen auf Morgen um neun Uhr anberaumt, wenn das für Sie in Ordnung ist, Special Officer?» Konfer schätzte es, wenn man die Etikette beachtete, und hier sprach man ihn ganz natürlich bereits mit seinem neuen Titel an. Er nickte nur. «Falls Sie möchten, kann ich für Sie ein Hotelzimmer reservieren, Special Officer». – «Besten Dank für Ihr Angebot, aber ich habe bereits eine Bleibe für die Nacht in Petto», gab Konfer salopp zur Antwort. Beim Gedanken an die kommende Nacht, spürte er wieder eine gewisse erotische Spannung in sich.

Konfer wusste, dass es einiges zu klären gab. Als er das Blue Delight betrat, sah er seinen Kontaktmann schon am Tisch sitzen, er schien mehr als sonst getrunken zu haben. «Bezzy, da bist du ähnlich», rief Sergeant Wokensen erfreut. «Hallo Wendell, schön dich zu sehen. Wollen wir noch etwas essen – oder gehen wir gleich zu dir?» Als der Militär-Psychologe seinen Liebhaber sah, war er mit einem Schlag nüchtern, aber auch geil. Er hatte sich schon so an diesen drahtigen Körper gewöhnt, der ihm eine Lust bereiten konnte, die für den ehemaligen *Fettkloss*, wie er sich manchmal scherzhaft selber nannte, undenkbar gewesen

war. «Gehen wir zu mir, Bezzy», sagte er fröhlich und küsste dem Freund die Stirn. Konfer mochte es nicht, wenn man ihn in der Öffentlichkeit intim belästigte, aber bei Wokensen drücke er ein Auge zu. Seine Kontakt mit ihm waren viel zu wertvoll …
Schon lagen sie nackt auf dem Bett und liebten sich. Diesmal ganz ohne Pillen, denn Konfer hatte alle nötigen Informationen schon bei den früheren Treffen erhalten. Wokensen stöhnte wie ein Sterbender, als ihn Bezzy alias Konfer von hinten nahm. Die sexuellen Handlungen mit dem Sergeanten erregten ihn nicht besonders, aber die Macht, die er sich durch diesen massigen Körper hatte verschaffen können, schon. Er steigerte seine Kadenz und stimulierte Wokensen auch manuell. «Wendell, oh, Wendell», keuchte er dann, als es ihm von tief unten kam. Eine solche Lust hatte er selber noch nie erlebt. Auch Wokensen hatte einen heftigen Orgasmus, spritzte ihm seinen Samen in die Hand. Danach lagen sie schweigend nebeneinander. Konfer hatte seinen Kopf an die Schulter des Kolosses neben ihm gelegt, der streichelte abwechselnd sein drahtiges schwarzes Haar oder seinen beschuppten Bauch. «Oh, Bezzy, das war einfach wunderbar», flüsterte Wokensen. Plötzlich stach Konfer der Hafer: Schluss mit dem Verwirrspiel, hier musste

Klartext geredet werden. «Bist du morgen eigentlich auch dabei?», fragte er den Sergeant. «Wobei?» - «Na bei der Sondersitzung des Generalstabes!» - «Ach die. Ja. Irgend so ein Unterhändler der Tago Mago-Armee wird anwesend sein.» Die Art und Weise, wie Wokensen irgend so ein Unterhändler sagte, verletzte seine Eitelkeit. «Hör mir mal zu, Wendell: Ich werde dabei sein; ich bin dieser Unterhändler; ich führe die Gespräche für die Tago Mago-Armee, ich, Special Officer Konf Konfer, meines Zeichens persönlicher Adjutant von General Jetson!» Wokensen drehte den Kopf, blickte ihn entgeistert an. «Du? Du bist der Unterhändler?» Konfer nickte nur. «Dann, dann war das alles ... nur Tarnung?» Konfer nickte erneut. «Du, du, liebst mich also gar nicht, hast mich einfach so ausgenutzt ...» Wokensen war tödlich beleidigt. Hätte er seine Fähigkeiten als Psychologe auch in diesem Moment genutzt, wäre ihm klar geworden, dass die Nächte mit Bezzy alias Konfer sicher einerseits eine taktische Finte des Tago Magers waren; aber er hätte realisieren müssen, dass beim jungen Special Officer auch jede Menge Gefühle mit ihm Spiel waren. Wokensen schwieg eine Minute lang, dann explodierte er: «Du verdammtes Schwein, ich mach dich kalt!» Und schon hatte er seine riesigen kräftigen Hände um den Hals von Konfer gelegt. Er würgte ihn mit aller Kraft, so dass der junge Mann schnell keine Luft mehr bekam und mit den Beinen zu strampeln begann. Mehr aus Zufall als beabsichtigt, traf er mit seinem Knie mit voller Wucht das Geschlecht von Wokensen. Sofort lockerte sich dessen Griff um Konfers Hals. Der wollte sich dem Griff des Angreifers entwinden, entdeckte auf dem Nachttisch eine grosse Schere. Als sich die Hände des Terraners wieder um seinen Hals schlossen, stach Konfer zu: Einmal, zweimal, dreimal. Das erste Mal hatte er Wokensen an der Schulterpartie getroffen, der zweite Stich ging ebenfalls dorthin, aber beim dritten Mal traf er voll den Hals seines Angreifers. Blut spritzte aus der Wunde hervor, intuitiv drehte sich Konfer weg, und drückte ein Kissen auf die Wunde. Es lief schnell rot an, also packte der junge Mann das zweite Kissen, das im Bett lag. Wokensen röchelte und zuckte und erschlaffte dann. Der Stich hatte seine Halsschlagader durchbohrt. Wokensen war innert kurzer Zeit verblutet. Konfer zitterte am ganzen Körper. Was für ein Idiot, dieser Wokensen! Was für ein Idiot. Der Special Officer brauchte einige Minuten, um sich zu beruhigen. Dann ging er ins Badezimmer, wusch sich das Blut von seinem Hals, seinem Gesicht, von seinen Händen. Er trocknete sich ab, warf das blutige Tuch auf das

Bett zu den Kissen und dem blutgetränkten Laken. Ganz vorsichtig kleidete er sich an. Alles war sauber. Aus seiner modischen Umhängetasche, die sein Outfit ergänzte, holte er ein kleines Gerät. Er drückte auf den roten Knopf, wartete einige Augenblicke lang, bis er eine Bestätigung bekam: Das grüne Lämpchen neben dem roten Knopf leuchtete auf. Konfer ging schnell in den unteren Stock, zur Türe. «Alles in Ordnung», fragte ein schwarz-gekleideter Tago Mager. «Er ist tot, ich wollte nicht, aber ...» Dann brach seine Stimme ab. «Beseitigen sie alle Spuren und auch seine Leiche.» - «Zu Befehl, Special Officer.» Er wusste nicht genau, wie der Mann hiess, in der Abteilung nannte man ihn nur den *Cleaner*. Bei jeder Mission, die Konfer anvertraut wurde, hatte er immer den *Cleaner* in der Rückhand. Einzig und allein die Gänge an die Front machte er ohne ihn; bei solchen Einsätzen nützte auch ein *Cleaner* nichts.

Tamara und die vier Deserteure versuchten gemeinsam, eine Strategie zu finden, wie sie überleben konnten. «Im Süden hat es starke Truppenverbände», meinte die Soldatin, «und so wie es von der Front her tönt, wir dort heftig gekämpft.» Was sie nicht wusste, war die Art der Kämpfe: Nicht Terraner gegen Tago Mager, sondern Tago Mager gegen wildgewordene Tasskis. Die hatten dort eine ihrer

Basen und – inspiriert vom Aufstand der übrigen Roboter – griffen sie nun pausenlos ihre ehemaligen Verbündeten an. «Im Norden hier. Berge sehr hoch. Keine Weg. Keine Häuser. Keine Essen», erklärte Spexer. «Das heisst, wir müssen weiter gegen Westen gehen, nicht wahr?» Spexer und die drei anderen Deserteure nickten. «Aber was erwartet uns da drüben?», fragte Tamara und zeigte mit ihrer Hand in die Richtung, in die das Gewässer, dem sie folgten, floss. Spexer zögerte einen Moment, da ergriff Javerson das Wort: «Da sein Häuptling. Grosser Häuptling.» - «Was für ein Häuptling denn?», wollte Tamara wissen. «Wir sagen Häuptling. Oder Chief. Oder Ogo Gosk.» Ogo Gosk? Den Namen hatte sie doch schon gehört, aber wo? Genau, Ogo Gosk war doch der Maler, der die Porträts von seiner Exzellenz Komaher und von dessen in Ungnade gefallener Gattin Asa Masenja geschaffen hatte. «Dieser Häuptling, also dieser Chief, äh, Ogo Gosk – der lebt da drüben?» - «Ja. Er viele Freund. Viele Krieger. Viele Soldaten. Und Deserteure.» Tamara überlegte: Was sie hier von Javerson hörte, flösste ihr nicht gerade Vertrauen in diesen *Häuptling* und seine Horden ein, aber wenn man ihre Lage klar analysierte, blieb den fünf Personen nichts anderes übrig, als den Weg zum Gebiet des Malers unter die Füsse zu nehmen.

Pünktlich um neun Uhr eröffnete General Hendricks die Krisenstab-Sitzung. «Ich begrüsse Sie alle zu unserem Meeting, besonders den Abgesandten der tago magischen Streitkräfte, Special Officer Konfer. Er ist zugleich die rechte Hand von General Jetson und hat alle Befugnisse, mit uns hier zu verhandeln.» Hendricks machte eine Pause, fragte dann Sergeant Tomer: «Wo ist eigentlich Sergeant Wokensen? Ich habe ihn, als Strategen, auch zu unserem Meeting eingeladen. Wissen Sie etwas von ihm?» Die Sergeantin schüttelte den Kopf. General Hendricks drehte sich zur Wache um, die neben der Eingangstüre postiert war. «Gardist Hellman, gehen Sie runter in die Leitzentrale, man soll versuchen, mit Sergeant Wokensen Kontakt aufzunehmen.» Der Special Officer zuckte nicht mit der Wimper, als er den Namen jenes Mannes hörte, den er gestern in Notwehr getötet hatte. Es war Notwehr, hatte er sich die halbe Nacht durch gesagt und konnte erst nach Einnahme eines leichten Beruhigungsmittels schlafen. «Gestatten Sie mir die Frage, General, ist dieser Sergeant Wockinson denn wichtig?» Hendricks blickte den Unterhändler an: «Ja und Nein. Sergeant Wokensen ist sowohl Stratege, als auch Militär-Psychologe; er kann unsere Runde bestens analysieren, uns auf Fehler oder Schwächen hinweisen, die wir in unseren Plänen oder Taktiken nicht sehen.» Das war typisch terranisch: Sie mussten immer alles analysieren. Manchmal gab es einfach nur Fakten, dann musste man handeln, ohne noch gross zu überlegen. Wie er selber gestern Nacht: Hätte ich da analysiert, wäre ich nun tot. Gut, hätte Woke analysiert, dann sässe er jetzt hier und wäre noch am Leben.

«Doch wenden wir uns den Problemen zu, für die wir hoffen, gemeinsam mit unserem Gast, Special Officer Konfer, eine Lösung zu finden», fuhr Hendricks fort. Dann übergab er das Wort an den Delegierten der Tago Mago-Armee. Konfer erhob sich, er wusste, dass man stehend immer mehr Eindruck hinterliess, als wenn man sitzen blieb: «Zuerst möchte ich mich bei General Hendricks für die Einladung bedanken. Ich will keine Höflichkeitsfloskeln verteilen, sondern direkt zum Kern des Problems vorstossen: Wir, die tago magischen Truppen, brauchen Ihre Hilfe.» Dann erläuterte er in einem knappen, klaren Bericht von der Front, was alles seit der Zerstörung der Tasski-Fabrik geschehen war. «Wir entschuldigen uns hiermit offiziell für die Entführung von Soldatin Too, die ich während ihres Aufenthaltes in der Residenz unseres Generalstabes nicht nur kennen-, sondern auch schätzen gelernt habe. Diese

Aktion geschah auf meinen Befehl hin – und ich werde auch die volle Verantwortung dafür übernehmen. Was Soldatin Too geleistet hat, ist grossartig. Wir wussten durch unsere Kontakte» - einen Moment lang dachte er wehmütig an Wokensen – «was für eine Kämpfernatur Soldatin Too ist, auch dass sie den siebten Sinn besitzt und – in meinen Augen – war sie die einzige Person, die den Schutzschild der Tasskis rund um ihre Fabrik zerstören konnte. Genau das ist geschehen. Was wir aber nicht wussten», hier legte er eine Kunstpause ein – oder nicht sagten, dachte er, «ist die Tatsache, dass diese verflixten Roboter seit Monaten schon auf Vorrat produziert haben. Ihre Lager und Depots sind immens, voll bis an den Rand mit kleinen Tötungsmaschinen ...» Der Special Officer liess das letzte Wort verhallten; er wusste genau, dass auch die terranische Armee und insgesamt die Truppen der EMT schwere Verluste durch die Tasskis erlitten hatten. «Wir sind zwar Feinde, aber uns eint die Tatsache, dass wir alles Hominiden sind, keine Roboter, keine Androiden, keine KI-Wesen.» Hier traf er bei General Hendricks einen Nerv, denn dieser hatte als Soldat gesehen, was die Tasskis Schlimmes ausrichten konnten, er hatte etliche seiner Kameraden, die auch zu Freunden geworden waren, an der Front verloren; zuerst als einfacher Soldat im ersten Krieg, dann als Sergeant im zweiten Konflikt und nun als General in der dritten Welle. Danach folge eine harte Diskussion. Die Terraner als Vertreter der EMT-Truppen wollten wissen, was denn die Gegenseite anzubieten habe. Special Officer Konfer war bestens vorbereitet. Er erhob sich erneut, blickte auf den Zettel, den er vor sich auf den Tisch gelegt hatte. «Wir bieten Ihnen Folgendes an: Erstens tritt ab sofort ein Waffenstillstand zwischen sämtlichen EMT-Einheiten und unseren tago magischen Truppen in Kraft. Dieser gilt bis auf Weiteres ohne irgendwelche Konditionen oder Bedingungen. Zweitens bieten wir an, eine gemeinsame Kampftruppe gegen die Tasski-Einheiten zu bilden. Sie können dabei von unserer Logistik und Aufklärung profitieren; wir von ihren Infanterie-Einheiten sowie der Luftwaffe, die der unseren haushoch überlegen ist. Drittens einigen wir uns auf ein Ziel: Die Tasskis müssen soweit zerstört oder wenigstens vermindert werden, dass sie keine Gefahr mehr darstellen, weder für die EMT-Truppen, noch für die Tago Mago-Armee. Viertens: Falls wir dieses Ziel gemeinsam erreichen, können wir über die Bedingungen für einen Friedensvertrag verhandeln. Denkverbote soll es dabei keine geben, wir sind offen für alle Vorschläge und bereit, auch äusserst schmerzhafte Kompromisse einzugehen. Fünftens: Falls etwaige solche Verhandlungen erfolgreich sein sollten, werden wir gemeinsam an die IGU, die Intergalaktische Union gelangen, um diese Verträge unter dem Patronat der IGU nicht nur zu unterschreiben, sondern auch mögliche Friedensmissionen der IGU beidseits akzeptieren.» General Hendricks glaubte, nicht recht gehört zu haben: Was der Special Officer hier vorschlug übertraf all seine Erwartungen um ein Vielfaches. «Ich möchte nochmals darauf hinweisen», sagte Konfer mit erster Stimme, «ich habe von General Jetson freie Hand für diese Verhandlungen bekommen. Selbst seine Exzellenz, unser grosser und weiser Führer Komaher, wird sich allfälligen Verträgen nicht widersetzen.» Das sass. Die Runde war baff, verharrte im Schweigen. «Machen wir doch eine kurze Pause. Lüften wir unseren Konferenzsaal, drüben am kleinen Buffet hat es Erfrischungen. Wer möchte, darf draussen im Gang auch eine Zigarette rauchen.»

Während der kurzen Pause, wandte sich Konfer Sergeantin Tomer zu. «Von Ihnen habe ich sehr viel gehört, Sergeantin. Auch Soldatin Too hat in höchsten Tönen von Ihnen gesprochen. A apropos Soldatin Too: Haben Sie Nachrichten von ihr erhalten?» Tanja Tomer schüttelte den Kopf. «Bis jetzt haben wir nichts von ihr gehört; aber ich vertraue darauf, dass sie ihren Einsatz überlebt hat. Wie Sie wissen, Special Officer, bin ich ja auch mit dem siebten Sinn ausgestattet. Ich bin mir sicher, wenn Tamara etwas zugestossen wäre, hätte ich das sofort hier drin gespürt.» Dabei legte sie die rechte Hand auf ihren Bauch. Konfer schauderte. Was für ein Körper, dachte er. Die Sergeantin war rund zwanzig Jahre älter als er, aber von ihrem Leib aus ging eine Schwingung, die erotischer nicht hätte sein können ... Sergeant Tomer blickte zur Türe, wo gerade ein Melder eintraf: «General», sagte er zum Chef des Stabes, «von Sergeant Wokensen fehlt jede Spur.» Der General nickt nur. «Danke, Gardist, veranlassen Sie weitere Suchmassnahmen, wir müssen ihn unbedingt auftreiben.» Doch dann wandte sich der General wieder an die Runde. «Meine Damen und Herren, machen wir weiter.» In dem Moment trat erneut ein Gardist ein, ging zum General und flüsterte ihm etwas ins Ohr.

Konfer war hellwach: Hatte man etwa den Leichnam des Psychologen gefunden? Nein, das war undenkbar, denn die Cleaner verrichteten immer perfekte Arbeit. Der Gardist entfernte sich, als General Hendricks erneut sprach: «Wir haben soeben Meldung erhalten, dass Soldatin Too gesichtet worden ist; und zwar westlich der zerstörten

Tasski-Fabrik, also weit weg von der Front.» Sowohl Sergeant Tomer, als auch der Special Officer atmeten hörbar aus. «Ich zeige Ihnen gleich die Aufnahmen der Drohne. Gardist!», rief Hendricks. Der Gardist, der Wachdienst an der Türe hatte, drückte auf einen Knopf. Umgehend senkte sich ein Beamer von der Decke herab. Der Gardist ging zum Bedienungspult auf der Seite des Raumes, drückte dort zwei, drei verschiedene Knöpfe, schon sah man das Bild, das vorne auf die weisse Wand projiziert wurde.

Die Aufnahme war nicht sehr scharf, aber man konnte deutlich eine Soldatin im Tarnanzug sowie vier weitere Personen unterscheiden. «Stop! Gardist, bitte stoppen Sie die Aufnahme!», rief Sergeantin Tomer plötzlich. «Können Sie das Bild vergrössern?» Der Gardist zoomte es heran, so dass man die fünf Personen viel grösser sah. «Bitte noch ein wenig», bat Tomer. «Da schauen Sie, General, die Soldatin Too macht Zeichen mit der Hand.» - «Hat das etwas mit ihrer Ausbildung als Sprengmeisterin zu tun?», fragte Vize-General Coen neugierig. Die Sergeantin nickte. «Wie Sie wissen, habe ich ebenfalls diese Ausbildung durchlaufen. Wenn wir vorne an der Front sind, müssen wir uns verständigen können. Bei Gefechtslärm hört man nichts oder versteht die anderen nur teilweise. Das ist sehr gefährlich für uns alle, weil wir ja mit Sprengstoff hantieren. Deshalb gibt es ein Zeichensprache. Sie ist sehr rudimentäre, also nie so gut entwickelt wie jene für Gehörlose. Aber sie funktioniert.» Sie wandte sich zum Gardisten, der den Beamer bediente: «Können Sie die Aufnahme in Zeitlupe laufen lassen.» Er nickte, tat wie ihm befohlen wurde. Sergeantin Tomer betrachtete den Film mit Sperberaugen. «Ist gut, ab jetzt macht sie scheinbar keine Zeichen mehr.» - «Und, was hat sie uns mitgeteilt?», fragte General Hendricks. «Soldatin Too muss die Drohne bemerkt haben. Sie wusste auch, dass es einer der unsrigen ist. Deshalb liess sie uns folgende Botschaft zukommen: 'Alles in Ordnung. Keine Gefahr. Wir gehen Richtung Westen. Zum General.» - «Aber da ist Niemandsland, da gibt es keinen General», meinte Hendricks verblüfft. Doch da meldete sich Konfer zu Wort: «Ich glaube, ich weiss, was Soldatin Too meint: Nicht General, sondern Häuptling!» Alle blickten den Special Officer verdutzt an. «Häuptling? Was für ein Häuptling denn?», insistierte Hendricks. «Er ist eigentlich kein Häuptling, sondern heisst Ogo Gosk. Früher war er der Leibmaler von seiner Exzellenz Komaher, aber er ist in Ungnade gefallen und geflüchtet. Seine Leute nennen ihn entweder *Häuptling* oder *Chief* – je nach Situation.» Der Chef des Stabes wusste sofort, was das hiess: «Sie glauben also, dass Soldatin Too und ihre vier Begleiter zum Chief unterwegs sind?» - «Ja», antwortete der Special Officer, uns eine Stimme klang besorgt: «Sie sind unterwegs zum Territorium der Abtrünnigen!»

KAPITEL 9

Special Officer Konfer hatte General Jetson die Antwort des terranischen Generalstabs überbracht. Man war beiderseits einverstanden, Abkommen zu unterzeichnen. General Hendricks hatte noch das Einverständnis der marsianischen und tritonischen Ober-Kommandos eingeholt, aber alle waren froh, dass ein Ende der verlustreichen Kampfhandlungen in Sichtweite schien. Special Officer Konfer kehrte am übernächsten Tag nach Ekabar zurück, um den Vertrag zu unterzeichnen. General Jetson hasste das Fliegen und er vertraute seiner rechten Hand völlig. Nachdem sowohl General Hendricks, als auch Special Officer Konfer ihre Unterschriften unter das Dokument gesetzt hatten, wurde im Büro des Vize-Generals Coen ein kleine Feier anberaumt. Man prostete sich zu.

Beiläufig erkundigte sich Konfer bei Sergeantin Tomer nach Wokensen: «Ist der Psychologe wieder aufgetaucht?» Sie schüttelte den Kopf. «Nein, er ist spurlos verschwunden. Aber Nachforschungen haben ergeben, dass er in seiner Freizeit wohl etliche Kontakte zu Strichern gehabt hat.» - «Strichern? Sie meinen Lustknaben?» Die Sergeantin nickte. «Ja, er scheint wohl, gefallen an ihnen gefunden zu haben …» Tanja Tomer wusste nicht, dass der Special Officer durch einige seiner Agenten solche Gerüchte in Umlauf setzen liess. Es gab plötzlich Zeugen, die entsprechende Neigungen von Wokensen bestätigten, die aber für die Tatzeit alle wasserdichte Alibis hatten … «Und was geschieht nun mit Soldatin Too?», fragte Konfer den General. Hendricks wandte sich dem Tago Mager zu: «Gute Frage, Special Officer. Wir werden unter Leitung von Sergeantin Tomer einen Suchtrupp zusammenstellen.» - «Darf ich Ihnen meine Hilfe anbieten, Herr General? Ich könnte mich dem Trupp anschliessen. Erstens kenne ich das Territorium des Chiefs ziemlich gut. Ich habe dort einen Teil meiner Ausbildung absolviert, natürlich bevor der Häuptling dort aktiv geworden ist. Zweitens fühle ich mich mitschuldig daran, dass die Soldatin Too in diese missliche Lage geraten ist. Der Vorschlag für ihre Mission kam nämlich von mir persönlich …» Der General überlegte einen Moment, dann nickte er: «Gut, einverstanden. Aber unter einer Bedingung.» - «Und die wäre?» - «Schauen Sie, dass unserer Sprengexpertin nicht noch weitere Schockwellen auslöst …» Das anschliessende Gelächter lockerte die Situation auf.

Sergeantin Tomer war gespannt, wie sich Special Officer

Konfer in den Suchtrupp einfügen würde. Sie hatte für die Mission sechs weitere Mitglieder ausgewählt, vier davon stammten aus dem ehemaligen Zug von Soldatin Too. Es handelte sich um Korporal Proctor, den Gefreiten de Boorst sowie die Soldaten Gimenez und Hoboken. Dazu kamen zwei tago magische Späher, die ihr Konfer vorgeschlagen hatte und die mit ihm am Morgen hergekommen waren. Die Sergeantin wusste, dass ihre vier Leute hochmotiviert waren, denn Tamara Too hatte jedem von ihnen mehr als einmal das Leben gerettet. Ausserdem war Xaver Hoboken in die zierliche Soldatin Too verknallt, er würde durch sie – wie die anderen drei auch – durchs Feuer gehen. Sie ahnt etwas, diese Wahnsinns-Frau, dachte Konfer. Aber wir werden gut miteinander auskommen, und vielleicht ergibt sich ja was während unserer Spezialmission … Ich werde ihn im Auge behalten. Natürlich kann er uns extrem nützlich sein, schon die beiden Späher, die er mitgebracht hat, gehören scheinbar zur Elite der Tago Mago-Armee, aber trotzdem ist etwas bei ihm nicht ganz koscher …

Schon den sechsten Tag war Tamara Too nun unterwegs; drei Tage hatte sie allein zurückgelegt, drei Tage in Begleitung. Als sie allein auf dem Marsch gewesen war, schaffte sie gut 40 Kilometer am Tag. Das Gelände war meistens flach, sie konnte dem Bach- und später dem Flusslauf folgen. Oft hatte es Trampelpfade, die parallel zum Gewässer verliefen. An manchen Stellen waren sie von Schlingpflanzen überwuchert, aber häufig konnte sie mühelos vorwärtsgelangen. Seit sie zu fünft waren, hatte sich ihr Tempo ein wenig verlangsamt. Sie schafften rund 25 Kilometer pro Tag. Also mussten sie nun beinahe 200 Kilometer vom Gebiet östlich der von ihr zerstörten Tasski-Fabrik entfernt sein. Deshalb staunte Soldatin Too nicht schlecht, als sie plötzlich vor sich eine ganze Reihe von Skulpturen entdeckten. Sie wusste sofort, was es war und fühlte sich unmittelbar auf das Schlachtfeld zurückversetzt. Zusammen mit Adjutant Konfer hatte sie gesehen, wie der lädierte Androide ins Magnetfeld hineingestolpert war und was die Tasskis damit an ihm auszurichten vermochten: Er war verschmort und geschmolzen – wie eine der schwarzen höckerigen und löcherigen Skulpturen da vor ihnen. Aber wie konnten die Kampfroboter hier, 200km vom Magnetfeld entfernt, so zugerichtet worden sein? Was nicht nur ihr, sondern auch den vier Deserteuren auffiel: Die Stille! Hatte es in den lichten Wäldern nahe der Tasski-Fabrik immer wieder Vogelrufe oder Laute anderer Tiere gegeben, ja, selbst in der Savanne, die sie während rund 100 Kilometern, dem Lauf des Flüsschen folgend, durchquerten, hörten sie Schakale heulen, Füchse keckern, Vögel trillern, Grillen zirpen. Aber hier, nahe beim subtropischen Gebiet, auf dem sich das Territorium des Häuptlings erstreckte, herrsche plötzlich Totenstille. Sie gingen quer über die Lichtung an den Kadavern der Androiden vorbei, der Fluss zu ihrer Linken gurgelte ganz leise, dann tauchte vor ihnen ein Tor aus Bäumen, Büschen und Blättern auf. Sie näherten sich einer Grenze, allen war dies in den letzten Minuten klar geworden. Sie befanden sich an der Schwelle zu fremden Ufern und betraten zu fünft das Tor zur Hölle.

Der Kopter flog ganz nah über den Baumwipfeln. Hier hatte es noch grünes Laub an den Ästen, es gab Eichen, Buchen, Zirbelkiefern, Föhren und andere Arten, die man auch auf Terra und Triton IV finden konnte. «Wir fliegen so tief, damit wir von möglichen Feinden erst ganz spät geortet werden können», erklärte der Pilot Sergeantin Tomer, die hinter seinem Sitz kauerte. «Wir sollten das Zielgebiet in ungefähr zwanzig Minuten erreichen», meinte der Pilot und konzentrierte sich wieder auf das Lenken des Kopters. Der Special Officer, Korporal Procter, der Gefreit de Boorst, die Soldaten Gimenez und Hoboken aus Tanja Tomers Zug sowie die beiden Tago Mago-Späher Chinxx und Kaleroy kauerten gespannt am Boden des Kopters. Da sie zu acht waren, hatte man nur die Sitze des Pilotengespanns im Gleiter drin gelassen, den Rest abmontiert, so dass sie genug Platz hatten, auch ihre Tornister zu verstauen. «Normalerweise transportieren wir vier, höchstens sechs Passagiere, wenn wir als Rettungs-Kopter unterwegs sind, dann können wir zwei Bahren und zwei Pfleger aufnehmen», erklärte der Ko-Pilot. «Waren Sie schon mal soweit westlich?», fragte ihn die Sergeantin. «Nein, wir getrauen uns hier selten raus, weil keiner weiss, von wem die Gebiete hier kontrolliert werden. Auf jeden Fall nicht von uns …» Dann schwiegen wieder alle. «Da vorne ist die Stelle. Man hat mir die Koordinaten gegeben, es müsste unmittelbar daneben eine Lichtung zu finden sein, dort werden wir landen», meinte der Pilot und schon steuerte er gegen die Baumwipfel zu. Der Kopter landete ein wenig unsanft, weil das Gelände nicht wirklich eben war. «Wir können auch abspringen», schlug die Sergeantin vor. «Nein, verzeihen Sie, Frau Sergeantin, wenn ich widerspreche, aber der Kopter muss unten sein und der Rotor zur Ruhe kommen, wenn wir fliegend evakuieren, besteht immer die Gefahr einer Windböe. Sie wären nicht die Erste, die so – im wahren Sinne des Wortes – ihren Kopf verliert.» Das wäre verdammt schade, dachte Konfer.

Der Pilot war ein Meister seines Faches, die Landung trotz Schwierigkeiten Eins A. Die Mitglieder des Missions-Teams verliessen einer nach dem anderen den Gleiter, schon startete er wieder und flog nach einer leichten Schleife Richtung Süden weg. «Da wären wir also», meinte die Sergeantin. Und liess ihre Kameraden antreten. Die beiden Späher, die nur leichtes Gepäck trugen, waren schon auf Spurensuche. Bald hörte man den Schrei eines hier überall häufig vorkommenden Vogels, des Tago Mago-Pirols, den Chinxx genial nachahmen konnte. «Sie haben Witterung aufgenommen», meinte Konfer lachend. «Dann mal los, Special Officer, wir schliessen uns ihnen und ihren beiden Spähern an.»

«Die beiden könnten gut Brüder sein», meinte die Sergeantin zu Konfer. «Ja, sie sehen sich wirklich sehr ähnlich. Und Chinxx, der schon beinahe 60 ist, hat die Konstitution einer Bergkiefer: Er ist zäh, dürr, drahtig und tief im Boden verwurzelt. Diese Späher sind phänomenal. Mit einem oder gar zwei von ihnen muss man sich auch im schwierigsten Umfeld keine Sorgen machen.» Der Special Officer merkte, wie die Sergeantin die Hintern der beiden Tago Mager musterte. Sie musste an Sergeant Baxter denken, der eine ähnliche Figur besass und mit dem sie im letzten Winter einige Male geschlafen hatte. Chinxx und Kaleroy waren noch viel muskulöser, man sah ihren Waden an, dass sie laufend über hundert Kilometer pro Tag zurücklegen konnten. Kein Gramm zu viel, dachte sie, genau wie der Special Officer, der neben ihr ging. Wieder ertönte der Pfiff des Pirols. Als die sechs Soldaten zu den zwei Spähern aufgeschlossen hatten, sahen sie sofort, dass die fünf Flüchtlinge, wie sie von der Sergeantin diplomatisch genannt wurden, hier eine Nacht lang gerastet hatten. «Hasenbraten und Heso-Beeren», erklärte Chinxx. «Einer von diese Fünf, ein Frau, haben Durchfall. Essen Wurzel von Kohlebaum. Könne helfen», fügte er hinzu. «Dann werden sie das hohe Tempo von vorher nicht einhalten können. Mit ein wenig Glück holen wir sie sogar ein», meinte der Special Officer. Wie alle Offiziere der Tago Mager hatte er während seiner Ausbildung die wohl härteste Überlebensübung in der Galaxie durchmachen müssen: Jeder Anwärter wurde in einem wirklich gefährlichen Gebiet allein, nur mit einem Messer bewaffnet, ausgesetzt und musste vier Wochen lang durchhalten. Wer das überlebte, dem war eine Karriere in der Armee garantiert. Da sich nur die taffsten Kerle und stärksten Frauen daran wagten, hatte sich die Erfolgsquote in den letzten Jahren immerhin bei 50% eingependelt. Aber trotzdem verlor die Hälfte der Kandidaten dabei ihre Leben oder – wenn sie Glück hatten – nur ihre Gesundheit.

Ohne Zwischenfälle gelangte die Sondereinheit unter Sergeantin Too zur Vegetationsgrenze, wo die Savanne begann. Man konnte weit blicken, aber von den Flüchtlingen fanden sie keine Anzeichen. Spuren schon, denn immer wieder wiesen Chinxx oder Kaleroy auf Fussabdrückte, weggeworfene Kippen oder auch Exkremente hin, die von den Fünf vor ihnen hinterlassen wurde. Das Flüsschen hatte sich in der trockenen Erde der Savanne tief hineingegraben und eine Art Schlucht gebildet. Der Weg, der hier durchführte, schien lange nicht benutzt worden zu sein – ausser von den Flüchtlingen. Aber auf einmal ertönte der Schrei eines Hähers, nicht des Pirols. «Achtung, Warnsignal», gab der Special Officer sofort durch. «Chinxx hat etwas Verdächtiges entdeckt.» Sie gingen nun alle hintereinander, nahmen aber mindestens zehn Meter Abstand zum Vordermann. Zuvorderst kam Konfer, dann Baxter, de Boorst, Gimenez, Hoboken und den Abschluss bildete die Sergeantin. Chinxx kauerte auf dem Boden, sein Sohn Kaleroy war nirgends zu sehen. «Er kunden von hinten aus. Da vorne. Gefahr. Glauben Tasskis.» - «Tasskis? So weit westlich? Das kann ich kaum glauben», sagte Konfer. Sie waren alle auch in Deckung gegangen, da hörten sie das Piepsen der Roboter. Ein ganzer Zug kam auf sie zu. Genau wie auf dem Schlachtfeld. Zuhinterst schritt ein Tasski-Off, der seine telepathischen Befehle gab. Konfer hatte bereits seine Waffe entsichert. Die hinter ihm Nachrückenden schlichen sich in gehörigen Abständen ebenfalls in Feuerposition. Als die Sergeantin neben den Special Officer rückte, meinte der leise: «Auf Drei feuern wir alle. Zielen sie auf die Köpfe, die sind der wunde Punkt der Tasskis.» Konfer hob seine linke Hand, zeigte mit den Finger an: Drei, zwei, eins, dann brach ein Feuergewitter los. Einer nach dem anderen wurden die Tasskis ausgeschaltet, sie explodierten, sackten zusammen, verschmorten. Nur den Tasski-Off konnten sie nicht sofort ausser Gefecht setzen, es gelang ihm, etliche Schüsse abzugeben. Soldat Hoboken schrie auf, Kolonel Procter sackte zusammen. Die Sergeantin entsicherte eine Handgranate und warf sie zielgenau: Nach der Detonation regnete ein Gemisch aus Steinchen, Metallsplittern, Glasscherben und Sandkörnern auf sie herunter.

Der Gefreite de Boorst, der gelernter Hilfssanitäter war, schaute sich die beiden Verwundeten sofort an: Hoboken hatte einen Durchschuss im Oberschenkel erlitten, aber es war kein Blutgefäss davon betroffen. Kolonel Procter war von einem Geschoss in der Brust getroffen worden, doch sein Panzer hielt die Kugel ab. Doch die Wucht riss ihn von den Beinen und er knallte mit dem Kopf gegen einen Stein. Sein Helm war verbeult, seine Schläfe ebenfalls, aber sonst war er völlig in Ordnung. De Boorst kümmerte sich um Hobokens Fleischwunde, desinfizierte sie und legte einen Stützverband an. «Xaver hat eine Rossnatur, morgen wird er uns schon wieder etwas vortanzen», scherzte de Boorst. Hoboken musste lachen. «Ja, wir zwei tanzen dann den Tago Mago-Walzer zusammen, nicht wahr?» Konfer musste zugeben, dass die Sergeantin eine gute Wahl getroffen hatte. Und auch seine beiden Späher bewährten sich bestens. Am Abend sassen sie ums Lagerfeuer. Chinxx hatte ein Reh erlegt, das nun über den Flammen briet. «Nimmt mich bloss Wunder, was dieser Tasski-Zug hier zu suchen hatte», mutmasste Tanja Tomer. Selbst der Special Officer konnte dies nicht erklären. «Wir sind viel zu weit von ihren Ladestationen weg.» Als sie gerade die ersten Bissen des Rehrückens verzehrten, kehrte Kaleroy zum kleinen Trupp zurück. «Ich finden Basis von Tasskis. Eine halbe Stunde von hier. Haben Fotos machen.» Er zeigte vier Aufnahmen, die er mit seiner Polo-Molo geschossen hatte. «Das ist eine Relais-Station. Vermutlich haben sie die Tasskis selber gebaut. Wir waren hier draussen nie aktiv in der Hinsicht», meinte Konfer ernst. Das bestätigt alle meine Befürchtungen, dachte er bei sich. Zum Glück haben wir ihre Zentrale ausgelöscht. Nicht zuletzt deshalb musste Soldatin Too gefunden und gerettet werden, den man schuldete ihr viel. Der Krieg, der durch ihre Aktion ausgelöst worden war, hätte für die Truppen von Tago Mago später noch verheerender ausgehen können.

Es dauerte eine Weile, bis sich die Fünf an die Dunkelheit im Regenwald gewöhnt hatten. Doch schon nach einem halben Kilometer Weges gelangten sie an eine Lichtung. Der Gestank, der ihnen von dort entgegen schlug, war fürchterlich. Myriaden von Fliegen summten herum. Soldatin Too öffnete ihren Tornister und entnahm ihm eine Rauchpetarde. Sie streifte sich den feuerabweisenden Handschuh an, den sie für die Sprengungen brauchte, entzündete das längliche Ding und hielte es soweit wie möglich von ihrem Gesicht fern. Der schwarze Rauch quoll unaufhörlich aus der Spitze der Petarde, die Fliegen wichen immer weiter zurück, je mehr sich Tamara vorwagte. Da hingen sie wie grotesk angebrachte Käfer, die Leichen von einem Dutzend Soldaten. Man hatte sie an die wie grosse X-Buchstaben aufgestellten Kreuze genagelt, die fest im Boden verankert worden waren. Die Osemana, eine Art Samurai-Kaste, hatte im Altertum von Tago Mago I solche Kreuze gebraucht, um ihre Feinde daran zu schlachten. Besonders grotesk war die Tatsache, dass alle zwölf Leichen ohne Kopf ans Holz geschlagen worden waren. Die Köpfte staken auf einem nur gerade mal einen Meter hohen Stöcken, sie starrten einem mit glasigen Augen an, wenn man durch die Kreuz-Galerie wie durch ein Spalier hindurchging. «Ist das eine Kultstätte?», fragte Tamara laut. «Das nicht sein Kult. Das sein Horror. Verbreiten Angst. Häuptling sagen: Hier meine Land. Niemand dürfen hinein lebend. Nur tot.» Komba wandte sich an die Soldatin: «Du, Tamara, sein von Terra. Du sehen: Hier haben alle: Terra. Mars. Triton. Tago Mago. Chief alle töten. Chief sehr böse Mann.» Die junge Einheimische hatte recht: An den Uniformen konnte man klar erkennen, dass je drei Soldaten aus jeder Truppe hier getötet und aufgehängt worden waren. Die Männer machten fünf Sechstel der Opfer aus, die Frauen ein Sechstel. Das entsprach ungefähr dem jeweiligen Anteil in den verschiedenen Armeen. Der Häuptling tötet echt demokratisch, dachte Tamara. Zehn Mal lieber von einem Riesen-Skorpion gebissen werden, als diesem Monster gegenüberzustehen …

Konfer träumte von Wokensen: Er lag mit ihm zusammen nackt auf dem Bett, sie liebten sich, da, plötzlich legte ihm der Geliebte seine massigen Hände um den Hals und drückte zu. Konfer wand sich wie ein Tier im Griff einer Riesenschlange, die ihre Beute langsam erwürgte. Er japste nach Luft, rammte dem nun gesichtslosen Körper ein Knie in den Unterleib, sein Griff lockerte sich, er sah sich, Konfer wie im Spiegel, sah, wie er die Schere entdeckte, sie packte und sie Wokensen in den Hals stach. Dann war alles voller Blut. Der Special Officer wachte schreiend auf, aber die Schreie hallten nur in seinem Traum nach, sein Mund war trocken wie eine Sandwüste, und das Blut, das ihm den Hals hinunterrann, konnte seinen Durst nicht stillen. Er hatte sich im Traum auf die Zunge gebissen, wohl in jenem Moment, als ihm der rasend gewordene Geliebte die Kehle zudrücken wollte.

Tanja Tomer hatte lange geschlafen. Als sie erwachte, hör-

te sie fröhliches Gelächter. Sie kroch aus dem Zelt, das sie für sich allein hatte – Privileg der einzigen Frau im Team. Die Männer waren alle bei einem kleinen Teich in Flussnähe versammelt, sie standen nackt im knietiefen Wasser und wuschen sich. Baxter und de Boorst waren sehr weiss, Hoboken hatte einen massigen Hintern und Brüste wie eine Frau. Chinxx und Kaleroy sahen von hinten wie zwei Brüder aus: Ihre grünlich geschuppte Haut spannte sich über den drahtigen Hintern. Ob wohl alle dieser Spezies so aussahen, dachte die Sergeantin. Schade, dass Konfer nicht dabei war, da spürte sie, wie sich jemand neben sie ins Gras legte. «Na, wer ist schöner? Jung oder Alt?» Sie begriff sofort, dass er die Tago Mago-Späher meinte. «Vater und Sohn, beide sind äusserst attraktiv.»
Dann drehte sie sich zum Special Officer um: «Sie haben ihn getötet, nicht wahr?» Konfer erstarrte. «Aber wieso? Weshalb haben Sie Wokensen umgebracht?» Er musste die Wahrheit sagen, leugnen brachte nichts. «Er ist ausgerastet, weil ich ihm offenbarte, dass ich, Konfer, der Abgesandte der Tago Mago-Armee bin, und nicht Bezzy Bloom, der schmächtige Liebhaber, für den er mich hielt. Er wollte mich erwürgen, was er beinahe geschafft hätte; im letzten Moment konnte ich ihm eine Schere in den Hals ram-

men. Ich wollte ihn nicht töten, aber mir blieb keine andere Wahl.» Tanja Tomer nickte. «Ich hatte da so eine Ahnung», meinte sie leise. «Woher?», fragte Konfer. «Nun, ich habe sie beide einmal abends im Blue Delight zusammen gesehen, Wokensen und Sie, Special Officer.» Dass ihre telepathischen Fähigkeiten auch dazu beigetragen hatten, musste sie ihm nicht auf die Nase binden. «Der Alte ist mir übriger lieber», sagte sie dann lächelnd zu Konfer, «sein Hintern ist richtig sexy.»

Der Weg durch den Dschungel wurde immer düsterer. Hie und da sah man im seichten Wassergraben, der ihm folgte ausgebleichte Knochen. Ob es solche von Hominiden oder von Tieren waren, wussten die Fünf nicht zu sagen. In gedrückter Stimmung marschierten sie langsam vorwärts. Erneut kamen sie zu einer Lichtung, wieder schlug ihnen Verwesungsgestank entgegen. Doch die Leichen hingen nicht mehr an den Kreuzen, sondern waren von unzähligen Waldbewohnern abgenagt und zerrissen worden. Dicke fette Spulwürmer krochen auf den Fleischstücken herum, weisse Maden hatten sich in allen Körperöffnungen eingenistet. Selbst Tamara, die schon viel Schreckliches in den Schützengräben gesehen hatte, musste würgen.

Die Fünf stolperten verängstigt weiter, und dann waren sie plötzlich von einer Horde wilder Krieger umringt. Es waren keine Tago Mager, denn ihre Körper hatten dunkle braune Haut, die sie mit weisser Asche aufgehellt hatten. Sie trugen seltsame Masken, ebenfalls weiss, die wie riesige Geschwüre auf ihren Hälsen thronten. Sie alle waren bewaffnet, trugen Spiesse, Äxte, Schwerter, Messer, einige auch Schusswaffen und Handgranaten. Widerstand gegen diese fünfzig, sechzig Krieger war sinnlos. Mit grunzenden Lauten und verzerrtem Grölen tanzten diese unheimlichen Gestalten wie in Trance um ihre Beute herum. Die sind alle voller Drogen, dachte Tamara schaudernd. Man roch den Gestank des Alkohols, des tago magischen Shits, der kalechanischen Zauberpaste, die man in den Hinterhöfen von Ekabar herstellte. Als sich aus den Tiefen des Urwaldes ein wahrer Riese löste, brachen die Krieger in schrilles Geschrei aus, das durch die grüne Hölle hallte. Man band die Fünf mit rauen Stricken zusammen, führte sie hinunter zum Fluss, der in den letzten Stunden – durch viele kleine Zuflüsse gespeist – zu einem wahren Strom geworden war. Am Ufer hatten die Krieger rund zwei Dutzend Kanus aufgereiht, dazwischen schwamm auch ein breites Floss aus Baumstämmen. Vier Krieger führten die

Gefangenen auf das Floss, geboten ihnen, sich Rücken an Rücken hinzusetzen. Die anderen bestiegen zu zweit oder zu dritte die Kanus. Man legte los und die Strömung trieb die ganze Corona stetig flussabwärts.

KAPITEL 10

In welchen Teil der Hölle waren sie geraten? Die Fünf kauerten sich auf dem feuchten Boden des Flosses zusammen, Wasserfontänen zischten über sie hinweg, die Krieger grunzten und blökten, am Ufer tauchten Hütten, Häuser, Dörfer auf, hingestreckte Leichen, Totenschädel, Knochen, blutverschmierte Körper, alles beleuchtet vom flackernden Schein der Fackeln. Da tanzten Tobende um einen Marterpfahl herum, dort briet man eine dicke Schwarte über dem Feuer, es war zum Glück ein Tago-Schwein, kein Hominide, auch kein Mensch. Es war dunkel wie in einem Tunnel ohne Ausgang, schwer und feucht lag die Luft auf ihren Lungen und immer wieder diese gellenden Schreie – aus Angst und Furcht und Schmerz und Tod. Alles schien vom Wahnsinn ergriffen. Kopulierende Leiber wälzten sich im Unterholz, Äste knackten, Affen bellten, ein grosser Tiger trat aus dem Wald hervor, um mit einem Riesensprung den Strom zu überqueren. Wachten oder träumten sie? Keiner wusste es, aber alle fürchteten sich vor dem Moment, in dem sie diesem grausamen Häuptling in die Augen blicken würden …

«Sie haben 24 Stunden Vorsprung», konstatierte Konfer ernst. «Chinxx und Kaleroy sind sich einig.» Der Suchtrupp unter der Leitung von Sergeantin Tomer hatte ebenfalls den Urwald erreicht. Sie standen an der Stelle beim Strom, wo man die Flüchtlinge entführt hatte. «Ein Floss. Viele Kanus», sagte der junge Späher. «Fünf Gefangene auf Floss. Männer in Kanus. Grosse Wasser hinunter», fügte sein Vater hinzu. «Was ist das für ein Fluss und wohin führt dieser Strom?», fragte Korporal Procter. «Es ist der Akamoran und er speist das Delta, bevor er in den südlichen Ozean strömt», antwortete der Special Officer. «Ist der Akamoran nicht Sperrgebiet?», fragte die Sergeantin. «Ja, wir haben noch nie die Kontrolle über dieses Gebiet gewonnen. Die Urwälder sind zu dicht, die Gefahren zu gross. Überall gibt es wilde Stämme, Krieger, Fahnenflüchtige, Banditen, Marodeure, Deserteure, Ungeheuer, usw.» Konfer erinnerte sich an Erzählungen seines Vaters, der vor vielen Jahren eine Expedition in dieses Gebiet geleitet hatte und von der nur eine Handvoll Überlebender zurückgekehrt war. «Die Ureinwohner nennen es das Schwarze Herz von Tago Mago II.» - «Was schlagen Sie vor, Special Officer?» - «Chinxx meint, wir kommen nur auf dem Wasser voran. Bauen wir zwei kleine Flösse für je vier Personen, die wir dann mit Stricken verbinden. Die Chahutos, die seit Urzeiten hier leben, machen das immer so.» Konfer sah den Vater vor sich, wie er mit glänzenden Augen von diesen schrecklichen Kriegern, alle Kopfjäger, berichtet hatte. «Falls eins der Flösse kentert, haben wir das zweite als Rettungsboot.» Dass beide kentern konnten, daran wollte er nicht denken. Korporal Procter und der Gefreite de Boorst holten ihre Äxte aus dem Tornister. Chinxx übernahm eine, zeigte Gimenez, der gelernter Zimmermann war, welche Stämme sie wählen sollten. Schon lag der erste davon am Boden. Hoboken sägte die wenigen Zweige weg, während de Boorst dem jungen Kaleroy half, aus dicken Lianen Stricke zu flechten. Vier Stunden später waren die beiden Flösse bereit. Sergeant Hendricks und der Special Officer hatten unterdessen beraten. «Ich weiss nicht, was uns da unten erwartet. Vielleicht ist es von Vorteil, dass ich zum Stab von Tago Mago II gehöre, vielleicht auch nicht. Wenn wir auf den Häuptling stossen, gilt es wohl zu improvisieren.» Tanja Tomer nickte. Es blieb ihnen nichts anderes übrig …

Da Tag und Nacht in der Dunkelheit des Urwaldes miteinander verschwammen, wussten die Flüchtlinge nicht mehr, wie lange sie schon unterwegs waren. Plötzlich erhob sich vor ihnen ein riesiger hölzerner Torbogen. Man hatte leichte Stämme, Lianen, Unterholz, Bretter, teils auch Metallteile und Schrott dazu verflochten. Der Bogen war gespickt mit abgehackten Köpfen: Einige ganz neu, andere stark verwesend, ganz andere nur noch als Schädel. Einen Moment lang herrschte unter den Eingeborenen und den Kriegern gespenstische Ruhe. «Scheint eine Art heiliger Bezirk zu sein, den wir hier betreten», flüsterte Tamara Too. Spexer nickte: «Heilig Gebiet. Gebiet von Häuptling.» Unmittelbar nach dem Torbogen waren auf jeder Seite ein halbes Dutzend Tago-Kreuze angebracht, darauf Tiere, Menschen, Hominiden, blutüberströmt. Einige waren tot, andere lebten noch, denn man hörte sie leise stöhnen. Die Krieger zückten ihre Bögen und schossen Pfeil um Pfeil auf die Opfer, lachten dabei wie verrückt. Heilige Scheisse, dachte Tamara, nimmt denn dieser Alptraum kein Ende? Auf einmal öffnete sich vor ihnen eine kleine Bucht, es wurde taghell, denn oben sah man sogar den Himmel. Linkerhand waren einige Boote vertäut, halb gesunkene Schiffe, zwei, drei Dschunken, ein Minensuchboot der tago magischen Marine.

Rechterhand reichte ein Steg in die Bucht hinaus, und zu

ihrem Schrecken stellten die fünf Flüchtlinge fest, dass man sie bereits erwartete: Hunderte von Hominiden hatten sich versammelt. Krieger, Jäger, Halbnackte, Wilde, Leute in zerfetzten Uniformen, Frauen, Männer, Kinder, Hausschweine, Hühner, ein Esel und ein blutverschmiertes Tago-Okapi, das zitternd in der Menge stand und gehetzte Blicke um sich warf. Die Kanus reihten sich zu beiden Seiten des Steges auf, das Floss wurde direkt auf sein Ende im Wasser zugesteuert. Ein Soldat in der tago magischen Uniform, die vor Dreck starrte, richtete seine blutunterlaufenen Augen auf sie. «Herason Tomanaka.» - «Was heisst das?», fragte Tamara flüsternd. «Willkommen Fremde», übersetzte Spexer. Immerhin begrüssen sie uns, dachte die Soldatin. «Schlechte Zeichen. Wir sein Tomanaka. Fremde. Das heissen hier Feinde», erklärte ihr Komba. Als sie ihren Fuss auf den Steg setzten – man half ihnen von oben nach, merkten die Ankömmlinge, dass sich eine seltsame Stimmung breit machte. Niemand sprach mehr laut, niemand schrie, alle schienen nur noch zu flüstern. Man bedeutete ihnen, auf dem Steg vorwärtszuschreiten. Als sie den Dorfplatz betraten, scheuten die Gestalten um sie herum zurück, man wollte Abstand zu ihnen halten. Langsam schritten sie zu einer leicht erhöhten Hütte mit einer breiten Veranda an der Vorderfront. Dort oben erwartete sie jemand, dort oben stand der Häuptling.

Plötzlich standen die Fünf allein vor dem Oberhaupt der Krieger. Man gebot ihnen, sich zu verbeugen, was sie taten. Als Tamara hochblickte, erschauderte sie. Chief Ogo Gosk, der Häuptling, war ein Tago Mago. Doch der nackte Mann hatte keine geschuppte Haut. Alle seine entblössten Körperteile waren mit eingeölter Haut von Hominiden überzogen. Nur sein Geschlecht blieb verdeckt in einem Bambusrohr, das von einer um den Leib gebundenen Schnur vorne auf seinen Bauch drückte. «Willkommen Fremde», sagte der Häuptling mit der brüchigen Stimme eines alten Mannes. Bevor noch einer der Flüchtigen ein Wort sagen konnte, gab der Chief ein Zeichen, worauf man Spexer und Javerson von den Frauen wegzog und durch die Menge hindurch wegführte. Das kam so überraschend, das Soldatin Too keinen Laut herausbrachte. Dem Häuptling schien diese Reaktion zu gefallen, er nickte zwei, drei Mal, was von der Menge um sie herum mit einem Raunen quittiert wurde. «Kommen Sie hoch zu mir, edle Damen», sagte der Chief. Tamara, Tullifera und Komba gehorchten. Sie stiegen die Stufen zu seiner Veranda hinauf. «Willkommen bei mir. Sie sind keine Fremden. Sie sind meine Gäste.»

Als sich die drei Frauen umblickten, bemerkten sie, dass sowohl auf der Veranda, als auch im Inneren des geräumigen Gebäudes lauter weibliche Personen anwesend waren: Kleine Mädchen, hübsche junge Teenager, erwachsene Frauen, Matronen und Greisinnen. Ein Harem, der Kerl hält sich einen Harem, dachte die Soldatin. «Lassen Sie uns Tee trinken und plaudern», schlug der Chief lächelnd vor. «Hier herrscht Ruhe. Nicht das wilde Treiben der Krieger und Soldaten. Legen Sie doch ab», sagte er zu Tamara und klatschte in die Hände. Zwei wunderschöne Frauen, um die Dreissig, die sich glichen wie ein Ei dem anderen, kamen auf nackten Sohlen herbei, halfen der Soldatin ihre Uniform auszuziehen und streiften ihr ein luftiges Gewand, das in allen Regenbogenfarben schillerte, über. Dasselbe geschah den beiden Tago Magerinnen. Als ihre beiden Kameradinnen eingekleidet wurden, betrachtete Tamara den Häuptling genauer: Sein *Kleid*, das den gesamten Körper bedeckte, war wirklich aus Häuten von Hominiden genäht. Sie erkannte schwarze und weisse Teile, ockerfarbige und marsblaue. «Er ist verrückt, er ist völlig verrückt», dachte Tamara und sie überlegte bereits fieberhaft, wie sie diesem Wahnsinn entfliehen und aus dieser Hölle hier entkommen konnten …

«Die sind wohl alle verrückt geworden?», flüsterte die Sergeantin, als sie durch das Panorama des Grauens fuhren. Konfer nickte nur. «Niemals hätte ich gedacht, dass es so schlimm hier ist», meinte er dann. Was der Such-Trupp nicht wissen oder erahnen konnte: Sobald ihre zwei Flösse herangetrieben wurden, verzogen sich alle Bewohner der Häuser und Dörfer. Die acht Soldaten sahen keine lebende Seele – abgesehen von ein paar quiekenden Schweinen und gackernden Hühner, die zwischen den Holzhütten herumliefen. Einmal stand ein weinendes Kind da, kaum älter als drei Jahre, das aber sofort ins Innere einer Rundhütte gezogen wurde. Die Luft wurde immer drückender, es war schwül und feucht, Regen war angesagt. «Das könnte eine Chance sein», meinte der Special Officer. Und er hatte Recht: Als sie in die Bucht einfuhren, brach ein gewaltiges Gewitter los. Es blitzte und donnerte, Regengüsse durchnässten die Acht innert Sekundenbruchteilen, und als sie auf den Steg zuhielten, waren sie alle klatschnass. Niemand war zu sehen. Hatten zuvor noch einige Restfeuer geglost, war nun alles gelöscht und erloschen. Sie machten die beiden Flösse am Steg fest, kletterten hinauf. Keine Seele war zu sehen, weder Krieger, noch Soldaten, auch keine Einheimischen oder Stammesangehörige. Wo sind bloss alle hin, dachte die Sergeantin. «Als ob man uns erwartet hätte», meinte Konfer. Chinxx und Kaleroy erkundeten die Hütten. Ein grösseres Haus auf einer Anhöhe mit einer breiten Veranda, war halb zerfallen. Die beiden Späher kehrten zurück: «Kein Leben. Keine Soldaten. Keine Tago Mago. Schon lange alle leer.» Der Special Officer nickte: «Wir hätten den anderen Seitenarm nehmen sollen. Aber wir konnten ja nicht wissen, was hier los ist.» Sie beschlossen, die Nacht hier zu verbringen, richteten sich in einer der Hütten ein, machten ein Feuer, um ihre Kleider zu trocknen. Die beiden Späher jedoch verliessen den Lagerplatz nach einer kurzen Ruhepause, um auszukundschaften, wo sie sich befanden.

«Haben Sie ihn geliebt?», fragte Tanja Tomer und blickte Konfer an. Er zögerte einen Moment. «Liebe ist ein grosses Wort. Er war charmant, hat mich fasziniert. Seine Art, seine Stimme, sein Charakter. Und seine Männlichkeit. Wir hier sind viel zurückhaltender. Wendell konnte sich mir völlig hingeben, das habe ich noch nie bei jemand anderem erlebt. Ob Frau oder Mann spielt dabei keine Rolle. Ja, diese Hingabe hat mich für ihn entflammt …» Wehmütig dachte er an die Nächte mit dem Psychologen zurück. «Ich verstehe seine Wut. Ich habe ihn brüskiert. Das wollte ich gar nicht. Aber die Spannung war zu gross, all das Schreckliche an der Front. Und im Nachhinein tut es mir leid: Es hiess er oder ich.» Tanja Tomer nickte. Mit Leidenschaft kannte sie sich aus. Einmal hatten sich General Hendricks, damals noch Sergeant, und sie voller Passion hingegeben. Nie mehr war ihr später Ähnliches zugestossen. Damals war es der Magie des Augenblickes und dem Zauber des silbernen Tasski-Eis geschuldet gewesen, aber sie wünschte, sie könnte noch einmal so eine Nacht geniessen ...

Vor der Morgendämmerung kehrten die beiden Späher zurück: «Lager Fluss hinab. Mit Floss eine Stunde oder zwei. Nacht alle schlafen. Soldatin Too bei Chief. In Haus.» Gottseidank, Tamara lebt, dachte die Sergeantin. «Männer nicht sehen. Nur Frauen.» Was hatte das zu bedeuten. Aber Chinxx erklärte, dass in dem Haus des Häuptlings – ausser dem Chief selber – nur Frauen lebten. «Ich drin in Haus. Alle schlafen. Ich lassen Messer da. Lassen Kompass da. Ritzen KK und TT auf Balken. Neben Kopf von Soldatin.» Der Special Officer lächelte: «Gut gemacht, Chinxx, sehr gut. Sie wird kapieren, dass wir in der Nähe sind. Das Klappmesser kann sie als Waffe brauchen und der Kompass ist vielleicht noch überlebenswichtig, falls sie flüchten sollte.» - «Darauf dürfen wir uns nicht verlassen, Special Officer», sagte die Sergeantin. «Wir müssen sie befreien.»

Konfer nickte. «Chinxx, erzählen Sie genau, wie das Dorf aussieht. Korporal Procter, Sie können gut zeichnen, habe ich gehört, machen Sie uns eine Lageskizze, damit wir uns vor Ort nicht verirren. Kaleroy meinte, dass sich etwa vierhundert Personen in dem Dorf aufhalten, was unsere Aufgabe nicht gerade erleichtert. Wir müssten mit den Flüchtlingen kommunizieren können …» Tanja Tomer lächelte: «Das können wir vielleicht, nicht mit allen, aber ich mit Tamara Too!»

Ein Fest. Der Häuptling soll ein Fest geben. Die Leute sollen so viel wie möglich trinken. Alkohol. Drogen. Wir sind in euerer Nähe. Wir sind zu Acht. Wir haben Waffen. Wir werden euch befreien. Mit diesen Sätzen erwachte Soldatin Too im Haus des Häuptlings. Als sie sich umdrehte, spürte sie einen harten Gegenstand unter ihrem Rücken. Sie ertastete ihn: Es war ein Klappmesser. Daneben lag ein Kompass. Und am Fuss eines Balkens entdeckte sie eingeritzt TT und KK. Sie musste lächeln: Tanja Tomer und Konf Konfer gehörten zum Suchtrupp. Das waren sehr gute Nachrichten. Sie beschloss, diese vorerst geheim zu halten. Sie wollte den beiden Tago Mago-Frauen keine falschen Hoffnungen machen. Aus dem Inneren des Hauses drang leises Stöhnen. Schon gestern Nacht hatte sich der Chief mit einer seiner Frauen vergnügt. Der Kerl schien total verrückt geworden zu sein. Dass er so viel konnte, war sicher Drogen zuzuschreiben. Das könnte ein weiterer Vorteil für uns sein, dachte Tamara. Sie erinnerte sich daran, was der Chief letzte Nacht zu ihnen gesagt hatte: «Ihr seid Tomanaka, Fremde. Ihr seid roh. Ihr seid steril. Ihr seid unreif. Nur durch das Schwert und das Blut könnt ihr Teil unserer Gemeinschaft werden. Ihr müsst gekocht werden. Nur so könnt ihr reifen.» Dabei hatte er selbstverliebt die Häute seiner Arme und seiner Brüste gestreichelt. So also stellst du dir das vor, dass wir am Ende Teil von deinem perversen Kleid werden ...

Konfer und Tomer entwickelten gemeinsam einen Schlachtplan. Ihnen war klar, dass sie zu Acht kaum ein Dorf mit vierhundert Personen überfallen konnten. «Wir müssen versuchen, uns einen genauen Überblick vor Ort zu verschaffen. Vielleicht können wir ja etwas aushandeln», regte der Special Officer an. «Sie, Tamara, können als Unterhändlerin auftreten. Vielleicht mit dem jungen Kaleroy. Sie sind eine Frau, die mag der Chief scheinbar sehr. Und so können sie auch mit Soldatin Too in Kontakt treten.»

Chinxx hatte in der Nähe der leeren Bucht ein Kanu entdeckt. «Wir nehmen das Kanu und paddeln ins Dorf, legen am Steg an, dann improvisiere ich», meinte die Sergeantin. «Gut, das verschafft uns Zeit. «Vielleicht gelingt es uns, dem Chief ein Fest schmackhaft zu machen. Das habe ich auch Tamara auf telepathischem Weg weitergeleitet. Ob es klappt, keine Ahnung, wir müssen es versuchen.» Und vor allem müssen wir diesen Wahnsinnigen um jeden Preis ausschalten, dachte der Special Officer.

Häuptling Ogo Gosk sass auf seinem Thron, einem breiten Sofa, das ihm scheinbar auch für seine sexuellen Stelldicheins diente. Tullifera und Komba hatte er links und rechts von sich platziert. Bis auf einen Lendenschurz waren beide Tago Mago-Frauen nackt. Sie fühlten sich äusserst unwohl, aber sie versuchten, gute Miene zum bösen Spiel zu machen. Es war ihnen klar, dass der Chief nicht zögern würde, sie zu opfern, falls sie nicht willig wären oder ihm lästig würden. Soldatin Too dachte fieberhaft nach. Ein Fest feiern, ja, aber wie? Geburtstag, ich habe heute Geburtstag, fiel ihr ein. Was nicht stimmte, aber das konnte der Chief ja nicht wissen. «Welchen Tag haben wir heute?», fragte sie Ogo Gosk beim Frühstück, das aus einem Hafer-Beeren-Brei bestand, ganz nebenbei. «Heute?» Der Chief dachte nach. «Tosmana, komm mal her. Was ist heute für ein Datum? Du weisst, dass ich es nicht mit den Zahlen habe», scherzte er, «eher mit deinen Möpsen!» Dabei pikste er die Matrone, die aus dem Inneren des Hauses herbeigeeilt war in ihre Brüste. Gequält lächelnd liess sie es geschehen, sagte dann: «Heute erste Tag von vierte Mond.» - «Oh», rief da Tamara, «dann habe ich ja heute Geburtstag!» Der Chief blickte sie erstaunt an. «Du hast Geburtstag, wie alt wirst du denn, schöne Blume?» Je jünger, desto besser, dachte sie: «Zwanzig, ich werde zwanzig.» - «Ein runder, fast so rund wie der Busen von Tosmana», lachte der Chief. Er schien wirklich gute Laune zu haben. «Komm mal her, ich gebe dir einen Geburtstagskuss!»

Er winkte sie herbei. Tamara folgte seinem Befehl, sie beugte ihren Oberkörper zu ihm und er drückte ihr einen langen Kuss direkt auf die Lippen. Seine Zunge erforschte dabei ihre. Ein säuerlicher Gestank breitete sich in Tamaras Nase aus. Sie kannte diesen Geruch von der Front, denn nicht wenige Soldaten waren von Dexo abhängig, die sie durch eine kurze Pfeife inhalierten. Und sie alle rochen genauso. Der Chief nimmt Drogen und was für welche. Dexo war dafür bekannt, bei längerem Gebrauch Wahnvorstellungen aller Art auszulösen. Verfluchtes Dexo, dachte sie. Scheissdrogen. Aber dann kam ihr eine Idee ... «Wir wollen deinen Geburtstag gemeinsam feiern, werte Tamara, und heute Nacht gehöre ich dann ganz dir!» Du Scheusal, dachte sie. Aber das wäre eine Chance, wenn sie mit dem Kerl allein sein könnte ... «Tosmana, komm, Schatzi.» Die Matrone eilte herbei. Diesmal kniff er sie in den Hintern, was sie wieder mit gequältem Lächeln erwiderte. Du scheinst ihn zu hassen, gut. «Tosmana, Schatz. Wir wollen heute Abend feiern. Mit grosser Zeremonie. Tamara hat Geburtstag. Lass ein Festmahl bereiten.» - «Können wir anstossen? Habt ihr Alkohol?», fragte Tamara scheinheilig. «Aber sicher, mein Käferchen. Wir werden uns alle betrinken, das wird lustig. Hast du gehört, Tosmana. Eine Fete mit allem!»

«Sie werden ein Fest feiern, hat mir Tamy bestätigt», meinte die Sergeantin. «Heute Abend. Wir könnten kurz nach Mittag ins Dorf rudern. Ich gebe vor, mit Kaleroy vor den Tasskis geflüchtet zu sein. Wir behaupten, sie hätten die Macht übernommen.» - «Das ist eine gute Idee. Omo Gosk hasste die ganze Technologie. Deshalb hat er die Zivilisation verlassen, aber auch, weil er bei Komaher in Ungnade fiel. Er hatte ein Verhältnis mit der Gattin des Herrschers. Sie soll nun schon seit über zwanzig Jahren eingekerkert sein ...»

Tamara Too versuchte, mit dem Chief ein gutes Verhältnis aufzubauen. Sie musste erreichen, dass er ihr vertraute. Als sie in ein Nebenzimmer trat, entdeckte sie ein Gestell mit Büchern und Kunstobjekten. Es schienen Skulpturen von Ogo Gosk zu sein. Auf einem Holztisch lag eine Mappe. «Darf ich sie mir anschauen, Chief?», fragte sie höflich. Ogo Gosk nickte. «Aber gern, Süsse. Du siehst, wer ich bin. Und ich werde dich heute Nacht erkennen.»
Sie blätterte die Mappe durch. Dabei stiess sie auf eine seiner Zeichnungen. Offenbar hatte er sich hier selbst skizziert. Sie versuchte die Unterschrift zu entziffern: «Selbstporträt in Menschenhaut» las sie stockenden Atems. Der Kerl hatte sich eine seiner Wahnvorstellungen tatsächlich erfüllt! Dann sah sie Skizzen von Komaher, die dem Gemälde in der Residenz des Tago Mago-Stabes glichen. «Die gefallen mir sehr gut. Es gibt doch ein Gemälde davon, nicht wahr?» - «Kluges Bienchen. Auch ein Selbstporträt.» - «Ist das nicht das offizielle Bild von Komaher?», fragte sie ihn unverblümt. «Tatata, ach was, Komaher, nein, da habe ich mich verewigt.» - «Und seine Exzellenz war einverstanden?» Jetzt kicherte Ogo Gosk: «Hihi, der Alte war doch

blind! Der hat doch gar nichts mehr gesehen! Nur wusste das niemand – ausser mir! Und alle haben gedacht, er findet das Bild toll, weil er es immer gelobt hat, er meinte, man habe ihn noch nie so gut getroffen, hihi, nee, nee, der Alte war blind wie ein Maulwurf!» Er kicherte weiter vor sich hin. Tamara erinnerte sich an das zweite Gemälde, das sie in der Residenz gesehen hatte, jenes von Komahers Gattin. Diese Frau kam ihr so vertraut vor? Da fiel es ihr wie Schuppen von den Augen: Tosmana! Die Matrone Tosmana war niemand anderes als Asa Masenja. Sie schmachtete mitnichten im Kerker des Herrschers, sondern lebte hier mit diesem Verrückten!

KAPITEL 11

Die Vorbereitungen für das Fest liefen auf Hochtouren, als Tanja Tomer und Kaleroy mit ihrem Kanu kurz nach Mittag in die Bucht einliefen. Sie waren schon am Oberlauf des Stromes erspäht worden, man erwartete sie bereits. Tamara hatte gespürt, dass die Sergeantin unterwegs war, deshalb suchte sie die Nähe des Chiefs. «Oh, das ist ja meine Vorgesetzte!», rief sie scheinbar völlig erstaunt. Ogo Gosk blickte sie skeptisch an. «Da muss etwas Schlimmes geschehen sein, sonst wäre Generalin Tomer nicht hier.» Sie spekulierte darauf, dass der Häuptling Vertreter höherer Dienstgrade eher Respekt entgegen bringen würde – besonders, wenn es sich dabei um eine so attraktive Frau wie Tanja Tomer handelte.» Nach einer höflichen Begrüssung bat er die Uniformierte zu sich ins Haus. «Sie sind Chief Omo, nicht?», fragte die Sergeantin alias General ganz direkt. Er nickte. «Gewähren Sie mir und meinem Helfer Asyl!» Der Chief war ziemlich sprachlos. «Die Tasskis haben an allen Fronten gesiegt, sowohl die Tago Mager wie auch wir Terraner sind entweder auf der Flucht oder gelten als Fahnenlose.» Ein hinterhältiges Lächeln glitt über das Gesicht des Häuptlings. «Und, was ist mit Komaher?» - «Der Palast wurde vor einer Woche in die Luft gejagt», sagte die Sergeantin, darauf hoffend, dass Scouts des Chiefs die schwere Explosion sogar gehört hatten. Ogo Gosk grinste: «Hähä, das war es also. Meine Späher haben es mir gemeldet. Das dürfte ein wahres Gemetzel gewesen sein, nicht wahr?» Die Nachricht schien dem Chief den Mund wässrig zu machen, er mochte blutige Affären und Massaker jeglicher Art. «Frau General, es ist mir eine Ehre, Ihnen Asyl anzubieten», sagte er mit einer leichten Verbeugung und starrte ihr ungeniert in den Ausschnitt. «Die Uniform steht ihnen übrigens ausgezeichnet», fügte er hinzu. Und du würdest mich am Liebsten nackt sehen, du Lüstling …

Die übrigen sechs Mitglieder des Rettungs-Teams hatten sich in zwei Gruppen aufgeteilt. Zur ersten gehörten Special Officer Konfer, der Späher Chinxx und Soldat Gimenez. Zur zweiten Korporal Procter, der Gefreite de Boor und Soldat Hoboken. Sie schlichen gemeinsam bis in die Nähe der Bucht, wollten sich dann aufteilen. Schon von weitem hörten sie lautes Trommeln, das unaufhörlich an und abschwoll. Das Fest schien bereits im Gang zu sein, obwohl es noch nicht eingedunkelt hatte. Seit dem frühen Nachmittag heizten die Trommler die Atmosphäre mit ihren Rhythmen an. Immer wieder sah man Krieger, die aneinandergerieten, einige ritzten sich selber mit dem Messer, andere zerrten dritte hinter Büsche, um mit ihnen zu kopulieren. Der Alkohol floss in Strömen, Pfeifen mit Shit und Dexo wurden herumgereicht, auch der Chief bediente sich immer wieder davon. Tamara Too beobachtete das mit Freude. Sie würde diesem Monster eine böse Überraschung bereiten, sobald die Zeit dazu gekommen war. Über grossen Feuerstellen briet man mehrere Mago-Schweine. Der Duft des gebratenen Fleisches vermischte sich mit dem Gestank von Blut, Schweiss, Tränen, Urin und Grauen. Als das Dorf in Sicht kam, teilten sich die zwei Gruppen auf. Procter, de Boorst und Hoboken hangelten sich an einer Liane über den Fluss, die drei anderen wollten von der Hafenmole her vorstossen. Unterwegs hatten sie ein halbes Dutzend Wachen problemlos ausschalten können, die Krieger waren alle bereits ziemlich betrunken oder zugedröhnt. Plötzlich gab es eine laute Explosion. Soldat Hoboken war auf eine Mine getreten, die irgendjemand vor Urzeiten im Dschungel eingegraben hatte. Die Explosion riss ihm beide Beine weg und zerfetzte seinen Unterleib. Er verblutete innert Minuten. Seine Schreie hallten durch den Wald, so dass Procter und de Boorst innert Kürze von wilden Kriegern umzingelt waren. Zwar gelang es ihnen, ein halbes Dutzend ihrer Angreifer zu töten, aber schliesslich wurden sie überwältigt und man führte sie ins Lager.

«Sie müssen uns verfolgt haben», sagte die Sergeantin zum Chief, und bei dieser Lüge brach ihr beinahe das Herz. Was hätte sie anderes tun können? Ihre Story mit der Flucht und dem Zusammenbruch sowie dem Triumpf der Tasskis wäre sofort aufgeflogen. Der Chief liess die beiden abführen. Du Hexe, dachte er. Zur gleichen Zeit schlichen sich Konfer, Chinxx und Gimenez immer näher ans Camp heran. Sie nahmen Deckung hinter dem Anlegeplatz, der völlig verlassen war. Der Beginn der Geburtstagsfeier für Soldatin Too war auf zwanzig Uhr angesetzt. Laut dem Chief sollte es ein Spezialprogramm geben. Alle Bewohner des Dorfes hatten sich auf dem Hauptplatz beim Steg versammelt.

Der Chief liess auf sich warten. Plötzlich erschien er auf der Veranda. Sein *Gewand*, das sonst weisslich schimmerte, war blutrot. Er hatte sich mit einem Eimer Blut übergossen. Tamara wollte nicht wissen, woher es stammte. Die Trommler schlugen einen letzten Wirbel, dann verstummten sie. Majestätisch schritt Omo Gosk die Stufen zum Dorfplatz herunter. Er stellte sich unten auf ein kleines Podest, das man für ihn errichtet hatte. «Geliebtes

Volk von meinen Gnaden. Heute feiern wir den Geburtstag von Tamara, meiner neusten Gattin. Sie wird sage und schreibe: Zwanzig! Doch zuerst werden noch einige Untäter bestraft.» Er machte eine Handbewegung gegen die rechte Seite hin. Sofort gab die Menge den Weg frei: Kräftige Krieger führten ein gutes Dutzend Gefangene heran; darunter Javerson, Tullifera und de Boorst. «Das da sind Diebe!», rief der Chief. «Man hacke ihnen die Hände ab.» Sechs der Gefangene wurden ausgewählt, auch die beiden Tago Mago-Flüchtlinge gehörten dazu. Die Häscher packten sie, banden ihre Unterarme an einem Holzgestell fest und der Scharfrichter mit seinem Schwert trat hervor. Es dauerte nur wenige Augenblicke, dann lagen sechs Paare abgetrennter Hände auf dem Boden. Man band die Gefangen los, übergab sie der Menge, die sie mit Geheul und Gezeter zu Tode prügelte. Voller Schrecken starrten Tamara und Tanja auf die Szene. Was sollte noch kommen. «Diese da sind böse Männer und Frauen. Sie werden sofort gerichtet.» Man packte die restlichen sechs Personen, darunter den Gefreiten de Boorst und spiesste sie auf vorne messerscharf zugespitzten Pfählen auf. Die Hälfte der Opfer war sofort tot. De Boorst und zwei Tago Mago Frauen schrien und wimmerten. Das belustigte die Meute, die sie nun mit

Pfeilen und Messern marterte. Bald hörten die Schreie und das Wimmern auf …

«So und nun feiern wir Geburtstag», verkündete der Chief fröhlich. Die Qualen schienen seinen Blutrausch noch verstärkt zu haben. Sergeantin Tomer musste sich mit ihrem ganzen Willen zwingen, böse Mine zum grausamen Spiel zu machen. Sie überreichte Tanja Too eine Schachtel, sagte leise: «Ein Geschenk für dich. Denk an die Tasskis!» Die Soldatin wusste schon, dass sie eine Menge Sprengladungen in den Händen hielt. Unterdessen ging die Orgie auf dem Platz weiter. Einige Krieger waren derart zugedröhnt und aufgepeitscht, dass sie überall Streit suchten. Ein kleiner Junge, der nicht aufpasste, leerte einem von ihnen sein Trinkgefäss über die Hose. Der Krieger rastete aus, zerrte den Jungen zum Steg und wollte ihn mit seinem Speer abstechen. Da löste sich ein Mann aus der Menge, es war Kaleroy, er rannte auf den Krieger zu, entriss ihm den Speer und schlug ihn damit zu Boden. Noch bevor sich der aber aufgerappelt hatte, war der junge Späher durch einen Pfeilschuss in den Hals, abgegeben von einem Kumpan des Kriegers tödlich getroffen und er stürzte leblos vom Steg ins Wasser.

Konfer, Chinxx und Gimenez hatten die Szene mit Grauen

verfolgt. Der alte Späher sah, wie sein Sohn untertauchte und nicht mehr an der Oberfläche erschien. Der Special Officer musste Chinxx mit Gewalt zurückhalten. «Wir können ihn nicht mehr retten – aber wir werden uns rächen», raunte er ihm zu. Nach der Bestrafungsorgie tauchten halbnackte Tänzerinnen und Tänzer auf. Die Trommler begannen wieder mit ihren Rhythmen. Der Chief zog sich mit Tanja und Tamara in sein Haus zurück. Sie hatten sich per Handzeichen verständigt, dass die Sergeantin sich um Ogo Gosk kümmern sollte. Sie unterdrückte ihre Wut, zwang sich dazu, ihn mit obszönen Gesten und anzüglichen Reden zu umgarnen. Hocherfreut ging der Häuptling sofort auf ihre Avancen ein. «Werde Ihnen was schenken», murmelte er, als er seine Nase in ihren Brüsten vergrub. Er zog ihr zuerst das Hemd der Uniform aus, dann ihren BH, den er sich selber um den Leib schlang. «Bin ich nicht sühüss, Kleine», kicherte er ihr zu. Tanja und der Chief waren nun allein in seinem inneren Gemach mit der Liege. «Und du, ziehst du dich nicht aus, mein Süsser», zischte die Sergeantin. «Oh, du bist böse auf mich, das gefällt mir, du bist eine Löwin, die ich zähmen muss!» Er bat sie Platz auf seinem Lager zu nehmen. Als sie sich setzte, schlang er schnell eine Schlinge um ihre Arme, fesselte sie an die

Lehne, zog ihr eine zweite Schlinge über den Kopf, um den Hals. «Du bist in meiner Gewalt, Löwin», rief er kichernd. Dann zog er ihr die Stiefel, ihre Hose und den Slip aus. Panik machte sich in ihr breit, aber sie musste sich beherrschen. Sie hörte, wie Tamara die Hütte verliess und mit ihrem Geschenk ganz ruhig durch die tobende Meute schlich, die sie überhaupt nicht beachtete. Sie ging schnurstracks hinüber zu den Booten.

«Alles in Ordnung?», fragte Konfer flüsternd. Tamara nickte. «Soweit es geht.» Dann machte sie die Sprengladungen an den bei der Mole vertäuten Schiffen fest. Sie führte die Zündschnüre zusammen, so dass sie alle sechs Ladungen gemeinsam aktivieren konnte. Konfer, Gimenez und Chinxx hatten sich *getarnt*, ihre Gesichter mit Russ verschmiert, und bei einem weiteren Späher, den der Soldat erstochen hatte, auch mit Blut eingedeckt, mit dem sie nun ihre Uniformen und Hände bestrichen.

«So, nun noch meine Überraschung für dich!», rief der Chief. Wieder kam Panik in der Sergeantin hoch. Der Häuptling ging in einen Nebenraum, kam zurück und warf ihr einen abgeschnittenen Kopf in den Schoss: Es war Procter, der sie mit leeren, glasigen Augen anstarrte. Sie schrie wie am Spiess, was den Chief zu erheitern schien. Er tanzte

kichernd um das Sofa herum, summte einen Schlager, und entblösste dann sein Glied. Geil stand es von seinem Körper ab. Da ertönten draussen erste Schüsse. Konfer hatte das Zeichen zum Angriff gegeben, Tamara die Zeitzünder aktiviert, ihnen würde eine Viertelstunde bleiben ...
Der Chief nahm die Schüsse draussen gar nicht wahr, er hatte sich ein Messer geholt, mit dem er nun begann, Zeichen in Tanjas Brüste zu ritzen. Sie zog und zerrte an ihren Fesseln, aber vergebens. Ein Glimmern erschien in den Augen des Chiefs, das Blut, die Angst, der Sex, ihre Panik, seine Drogen überwältigten ihn. Er ejakulierte auf sie, ohne sie mit seinem Glied berührt zu haben. «So, nun werden wir eins, trinken wir Blutsbrüderschaft», kicherte er und näherte sich mit dem Messer ihrem Hals. Plötzlich fiel er zu Boden. Tosmana, seine gequälte Gattin, hatte ihm einen Tonkrug über den Schädel gezogen. Gerade in diesem Moment kam Tamara ins Haus gerannt. Als sie sah, was passiert war, löste sie sofort der Sergeantin die Fesseln, rief Asa Masenja zu: «Helfen Sie ihr, sich anzuziehen!»
Sie selber ging ins Nebenzimmer, holte eine Box aus ihrem Tornister, öffnet die: Darin befanden sich zwei Dinge, nämlich eine Detropin-Spritze und der Stachel des Skorpions. «So, du verdammter Hurensohn, du wirst elend verre-

cken!», schrie die Soldatin. Dann stach sie dem Chief zuerst die Ampulle in den Oberschenkel, danach den Stachel mitten in sein Gemächt, das langsam erschlaffte. «Du wirst einen qualvollen Tod sterben, denn dieses Gemisch würde selbst einen terranischen Elefanten umhauen.» Als die Sergeantin wieder angekleidet war, überall auf ihrem Hemd sah man Blutspuren, spähte Soldatin Too nach draussen. Konfer, Chinxx und Gimenez bahnten sich mit ihren halbautomatischen Gewehren, den Handgranaten, die sie noch hatten, und auch mit ihren Fäusten einen Weg gegen das Haus. Chinxx und Konfer nahmen die immer noch taumelnde Sergeantin in die Mitte und lenkten sie zu den Kanus am Fluss hin. Mit einem lautstark kopulierenden Paar gab es ein Handgemenge, als sie dieses aus dem Kanu bugsierten, dabei wurde Gimenez von einem Speer durchbohrt und klatschte tot ins Wasser.

«Wir müssen uns beeilen, die Sprengladung wird in fünf Minuten hochgehen!», rief Konfer. «Wo ist Tamara?», fragte er die Sergeantin. Sie deutet auf das Haus. «Chinxx, du nimmts sie mit in dein Kanu, paddle los. Ich schaue im Haus nach.». Er riss seine automatische Pistole aus dem Halfter und sprintete nochmals zum Haus zurück. Er nahm immer drei Stufen gleichzeitig. «Tamara, kommen

Sie, wir müssen los!» Er fand Soldatin Too über die Körper vom Häuptling und dessen Frau gebeugt. Asa Masenja hielt ihren sterbenden Gatten, der Todesqualen litt, in den Armen. Tamara wollte sie hochziehen, aber sie schüttelte nur den Kopf. Es war klar, sie wollte beim Chief bleiben ... Konfer riss Tamara mit sich, er eilte über die Stufen hinab, dann quer über den Platz, schoss nach links und nach rechts. Bei den Kanus angekommen, sahen sie ein Pärchen gerade einsteigen. «Spexer, Komba, schnell, rudert weg, es fliegt gleich alles in die Luft!» Sie sprang in ein anderes Kanu, Konfer stiess sie kräftig vom Ufer ab, sprang auch zu ihr hinein, sie ruderten in die Mitte des Stromes, wurden dann vom Sog des Wassers gefasst und schossen in die Dunkelheit hinein. Bald hatten sich die drei Kanus gefunden, da explodierten die sechs Sprengladungen gleichzeitig, ein Feuerball beleuchtete die nächtliche Szenerie des Dschungels und die Apokalypse fand tatsächlich statt.

KAPITEL 12

Die drei Kanus trieben die ganze Nacht stromabwärts. Erst als der Morgen schon graute, stiessen sie auf eine breite Sandbank mitten im Fluss. Sie liessen je ihren Bug auf Sand auflaufen, stiegen aus, zogen die Kanus an Land. Die drei Männer waren todmüde, hatten sie doch die ganze Zeit über gerudert, sie legten sich erschöpft schlafen. Tamara und Komba machten Feuer und hocken sich hin. Es dauerte nur ein paar Minuten, dann gesellte sich Tanja Tomer zu ihnen. «Bringe kein Auge zu, sehe dauernd Procters abgehackten Kopf vor mir ...» Tamara nahm sie in die Arme. «Wie geht es Ihnen, Sergeant?», fragte die Soldatin besorgt. «Nenn mich Tanja. Wir sind hier nicht mehr im Dienst.» Zuerst fröstelte die Sergeantin, aber am Feuer fühlte sie sich geborgen. «Sie, äh, du blutest ja, Tanja», stellte Tamara Too fest. «Das Schwein hat mich mit seinem Messer geritzt», erklärte sie den beiden schockierten Frauen. «Der Typ war völlig durchgeknallt, grössenwahnsinnig, geistesgestört», meinte die Soldatin. «Er hat mir erzählt, dass seine Exzellenz Komaher schon lange blind sei», berichtete sie. «Da ist Komaher nicht der einzige», meinte Tanja. «Wir alle sind durch diesen Krieg blind geworden. Wir sehen nur noch den Schrecken und das Grauen, Mord und Totschlag, lauter schwarze Wolken am verdüsterten Himmel ...» Tamara musste lächeln: «Trotz deiner Trauer und Melancholie tönst du sehr poetisch», sagte sie sanft. «Du sein stark Frau», meldete sich Komba und zeigte auf Tamara. «Und du auch», sagte sie zu Tanja. «Wir Frauen sind überhaupt sehr stark», lachte die Sergeantin. Sie spürte, dass die Nähe dieser zwei jungen Frauen gut tat. «Wir müssten viel kreativer und schöpferischer sein, uns nicht immer in die Konflikte der Männer hineinziehen lassen!» Alle drei lachten. «Was gibt es Schlimmeres als Männer?», frotzelte Tamara. «Tasskis! Nur noch Tasskis sind schlimmer», lachte Tanja, spürte dabei aber auch wieder diese Spannung in ihrem Unterleib. Ja, Männer und Tasskis machen mich an, wieso eigentlich? Mysterium des Universums oder was ...

Langsam plagte sie der Hunger. Tanja blieb am Feuer sitzen, während sich die beiden anderen Frauen nach Nahrungsmitteln umsahen. Tamara kehrte mit einer Handvoll Eier zurück, die sie am Ende der Sandbank in einem Nest gefunden hatte. Komba war an einem Fluss gross geworden. Sie suchte Fische und Krebse, von denen es hier reichlich gab. Sie zog ihr Hemd aus, machte daraus eine Art Tasche und kam nach einer halben Stunde mit voller Beute zurück. In einem der Kanus hatten sie Glück: Sie fanden einen Kochtopf sowie Tago Mago-Knollen. Komba setzte Wasser auf, schälte die Knollen mit Tanjas Messer. «Das ist immer in meinem Stiefel. Wenn mich dieses Aas nicht gefesselt hätte, dann hätte sein Bauch damit Bekanntschaft gemacht – oder sein Gemächt …» Die drei Frauen lachten laut. «Was hast du ihm übrigens injiziert?», fragte sie die Soldatin. «Eine Ampulle Detropin in den Oberschenkel, den Stachel des Skorpions in seinen Penis. Schon eins allein wäre tödlich gewesen, aber beide zusammen mit Dexo, von dem er eine Menge intus hatte, das hat ihm die schlimmsten Alpträume seines Lebens und den Tod beschert.» - «Dieser verfluchte Wahnsinnige hat es verdient», machte Tanja. Auch Komba nickte heftig: «Diese Chief verrückt! Javerson tot. Tullifera tot. Sie kein Verbrech. Sie gute Leut. Nur Chief verrückt. Er tot. Das sein sehr, sehr gut! Für alle.»

Als Chinxx, Spexer und der Special Officer erwachten, gesellten sie sich zu den frei Frauen. Der alte Späher blickte in den Topf, kostete mit einem Löffel von der Suppe, um sich dann schnell auf der Sandbank vom Lagerfeuer zu entfernen. Er schien etwas zu suchen. Nach wenigen Minuten kehrte er mit zwei Steinen in den Händen zurück. Er kniete sich beim Feuer hin, rieb mit einem harten zerklüfteten

Brocken feinen Staub vom zweiten Stein ab. «Jetzt essen. Jetzt gut.» Als die Sergeantin mit einem Löffel probeweise einen Schluck nahm, lächelte sie: «Salz, Chinxx hat Salz beigefügt.» Der Späher nickte: «Altes Salz. In Steinen . Gut zum Essen.» Sechs hungrige Mäuler assen sich nun satt. Danach berieten die sechs Überlebenden, wie sie weiter vorgehen sollten. «Wir müssen runter zur Küste», schlug Konfer vor. «Also alles Richtung Westen, nicht wahr?» Der Special Officer bestätigte ihr dies: «Nördlich liegen zerklüftete Berge, da ist alles unzugänglich. Südlich von hier gibt es gefährlich Sümpfe. Auch leben weitere wilde Stämme in dieser Region. An der Küste können wir uns dann Richtung Süden wenden und so gegen die Vorposten der tritonischen Armee vorstossen. Ihre Patrouillenboote kontrollieren den Landstreifen dort.» Konfer schätzte, dass sie ungefähr noch ein bis zwei Tag dem Strom folgen mussten, um zur Küste zu gelangen.

Am nächsten Morgen – sie hatten in einer geschützten Bucht campiert – war es ziemlich kühl. Leichter Bodennebel nahm ihnen vorerst die Sicht. Der Regenwald war schon seit dem gestrigen Tag lockerem Gesträuch und ausgedehnten Savannen gewichen. Gegen Mittag tauchten aus dem Nebel nördlich des Flusses plötzlich die Schatten eines grossen Gebäudes aus. Als der Nebel durch die immer stärkere Sonnenstrahlung wich, entdeckten sie – eine riesige Tasski-Fabrik! «Verflucht», meinte Konfer, «das gibt es doch gar nicht. Das ist unmöglich, das muss eine Halluzination sein.» Aber je näher sie der Strom zum Gebäude hin trug, desto klarer wurde ihre Gewissheit: Die Mauern, das Dach, die Lüftungsrohre. Plötzlich entdeckten sie am rechten Ufer einen Landungssteg. Zwar hatten sich schon etliche Balken von der Mole gelöst, aber es war eindeutig ein Steg! Sie ruderten dorthin, vertäuten ihre Kanus, stiegen über die Böschung. Es waren nur wenige hundert Meter bis zu den Stützmauern. «Ich bleiben hier, bewachen Kanus», meinte Spexer. «Ich auch», sagte Komba. Die restlichen Vier machten sich auf den Weg, gestaffelt, wie bei einem Einsatz: Zuvorderst Chinxx, der Späher, dann die Sergeantin, hinter ihr Soldatin Too und am Schluss der Special Officer. Mit gezückten Waffen bewegten sie sich auf das Zielobjekt zu. Sowohl Tomer, als auch Too spürten nichts. In der Fabrik war alles ruhig, es herrschte keinerlei Aktivität. Auch waren Teile von ihr noch nicht fertiggestellt. «Das Ganze hier ist noch im Bau», stellte Konfer fest. Die anderen drei nickten. «Gehen wir rein», meinte die Sergeantin. Das eiserne Tor vor ihnen liess sich öffnen. Im

Inneren war es teilweise finster, nur wo man Fenster eingebaut hatte, fiel Licht ein. Soldatin Too ging zuvorderst: «Der Bau gleicht jener Fabrik, die ich gesprengt habe.» Tatsächlich waren drei Maschinenräume gebaut – oder zumindest geplant: Der erste war fertig, der zweite in Angriff genommen, der dritte ein leeres Loch. Soldatin Too versuchte, sich im Gewirr der Gänge zu orientieren. Überall im ganzen Gebäude fanden sie inaktive Tasskis. Jede Menge normale, auch einige Tasski-Offs. Plötzlich standen sie vor einer Art Büro: Gestelle an den Wänden, einige Maschinen, ein Tisch. Daran sass eine Gestalt, gebückt, mit dem Kopf auf der Tischplatte. Soldatin Too zog ihre Pistole, die sie kurz vor der Explosion aus dem Haus des Häuptlings hatte mitgehen lassen. Sie pirschte sich zum Tisch vor, tippte den Mann mit einem Finger an, er fiel zur Seite: Eine Mumie, es war ein mumifizierter Körper. Der Special Officer beugte sich über ihn: «Ich kenne den Mann, das ist Holmor Geraz, ein Wissenschaftler, der vor vielen Jahren als junger Mann Assistent von Omarz Jetson war, dem legendären Schöpfer der Tasskis. Nach dem Tod von Omarz überwarf er sich mit dessen Sohn Cherz, der seit einigen Jahren Chef unseres tago magischen Generalstabs ist. Holmor Geraz verschwand eines Tages spurlos, man verdächtige damals

Cherz Jetson, zu jener Zeit Oberst im Generalstab.» Die drei anderen hörten Konfer aufmerksam zu. «Dann hat dieser Geraz also hier eine Wirkungsstätte gefunden. Aber wieso derart weit weg von eurem normalen Territorium?», fragte die Sergeantin. «Das ist sicher ein geheimes Projekt», mutmasste der Special Officer. «Dem der Strom ausgegangen ist», fügte Soldatin Too hinzu. «Ganz genau. Irgendetwas hat die Arbeiten hier gestoppt.» Sie untersuchten die Räume neben dem Büro: «Kommt mal her», rief die Sergeantin. Und zeigte auf einen Schaukasten voller neuartiger Waffen. «Mit diesen Dingern hier wären die Tasskis wohl unbesiegbar geworden ...» Konfer und Too schnappten sich je eines der Dinger. Sie gingen in den leeren Raum, wo vermutliche der dritte Generator hätte eingebaut werden sollen und probierten die Waffen aus. Sie funktionierten. «Decken wir uns damit ein, vielleicht können wir das Zeugs noch brauchen», meinte die Sergeantin. Konfer nickte. «Aber eins ist klar, das hier, die gesamte Fabrik muss vernichtet werden. Ich bestimme mit Hilfe des Kompass die genauen Koordinaten. Sobald wir Kontakt mit einer unserer oder eurer Truppen haben, werde ich das durchgeben.»
Als sie die Anlage durch einen Seitenausgang, der Richtung Süden ging, verliessen, entdeckte Chinxx etwas hoch-

interessantes: «Sie sehen. Hier Piste. Zum Landen», sagte er ruhig. «Wo denn?», fragte Konfer. «Er hat Recht, Special Officer», meinte die Sergeantin, «schauen Sie sich den Verlauf des Geländes an: Es ist topfeben, nur haben die Winde kleine Wanderdünen von Sand darüber verteilt.» Genau so war es. «Dann wurden die also aus der Luft versorg. Das heisst: Dieses Projekt wurde von jemandem im Militär unterstützt. Vermutlich geheim. Nun, ich werde dem allem nachgehen, wenn ich wieder zuhause bin», sagte Konfer zum Abschluss. Nachdem er die Koordination der Anlage bestimmt und notiert hatte, fuhren sie weiter.

Gegen Abend kamen sie in Küstennähe. Sie campierten auf einer geschützten Fläche am südlichen Ufer. «Von hier aus sind es rund 200 Kilometer bis zum tritonischen Territorium», meinte Sergeantin Tomer. «Ich vermute, dass das Gelände vor uns ähnlich wie hier ist: Hügelige Landschaft mit grossen Wanderdünen. Wir werden ungefähr eine Woche brauchen, um die Distanz zu Fuss zurückzulegen. Mit den Kanus wäre es auf dem Meer zu gefährlich. Wir können teilweise den Stränden folgen, zum Teil werden wir auf das hügelige Gelände ausweichen müssen.» Sie beschlossen, nur das Notwendigste mitzunehmen, so dass niemand zu schweres Gepäck hatte. Dann marschierten sie los. Chinxx war ein unheimlich guter Jäger, der immer wieder neues Wildbret ans abendliche Lagerfeuer brachte. Komba bereicherte ihren Speisezettel mit Fischen und Meeresfrüchten. Die anderen pflückten hin und wieder Beeren von den Sträuchern. Sie stiessen weder auf Tasskis, noch auf Angehörige wilder Stämme, die wohl die Küstenregion wegen der möglichen Patrouillen durch die tritonische Marine miede.

Gegen Nachmittag des siebten Tages stiessen sie auf einen Kontrollposten der tritonischen Truppen. Sergeantin Tomer ging voran. Sie hatte ihre Waffe im Tornister verstaut und schritt mit erhobenen Händen auf den Posten zu. «Wir sind Angehörige der terranischen Armee und werden von tago magischen Freunden begleitet», rief sie laut. Einer der Wachposten hob sein Gewehr: «Bläben se stehn. Oder wer feiern.» Zum Zeichen der Friedfertigkeit legten alle sechs ihre Tornister und Waffen nieder. «Meine Name ist Sergeantin Tomer. Fragen Sie in Ihrem Generalstab nach. Sie sollen Kontakt mit General Hendricks von den Terranern aufnehmen», rief sie laut und deutlich. «Bläben se wo se sään. Wer frachen nääch.» Es dauerte eine Viertelstunde, dann winkte der Posten ihnen zu: «Sörschant Töömer köömn see rüber. See könn mit de Scheneral vo ihne spräch́n.»

Die Sergeantin ging hinüber. Der Wachposten führte sie in den kleinen Kommandoraum im hinteren Teil des flachen Gebäudes. Dort stand ein Funkgerät: «General Hendricks, ich bin es Sergeantin Tomer», sprach sie in den Hörer.

Am Morgen des nächsten Tages – die Nacht hatten sie in einem grossen Armeezelt der tritonischen Truppen verbracht, neugierig beäugt von den weiteren anwesenden Wachsoldaten – landete ein Kopter der tritonischen Luftwaffe unmittelbar neben der Wachstation. Der Pilot, ein bärbeissiger Offizier, wies ihnen die Plätze zu: «Willkommen. Sie haben alle einen Sitz. Zu sechst geht es gut. Wir fliegen los. Wir fliegen sechs Stunden, dann erreichen wir unsere Heimatbasis.» Schon am Abend langten sie im Hauptquartier der Tritonier an. Sie verbrachten die Nacht in einem Gästehaus für Offiziere, dann flogen sie mit demselben Kopter weiter Richtung terranisches Gebiet. Nach acht Stunden Flug, ging der Gleiter runter, wurde auf einer Basis der Air Force aufgetankt und flog dann weiter. Die sechs Passagiere hatten Proviant mitbekommen, beim Zwischenstopp konnten sie in der Kantine bereits terranisches Essen geniessen. Kurz vor Mitternacht erreichten sie ihr Ziel und landeten auf dem Militärflughafen von Ekabar. General Hendricks, Sergeant Baxter und weitere Offiziere der Armee erwarteten sie bereits. Sie standen Spalier, als die sechs Personen das Flugzeug verliessen und applaudierten laut. Tanja Tomer trat auf Hendricks zu: «General, Sergeantin Tomer meldet sich zurück. Wir haben unser Ziel erreicht und Soldatin Too heimgeholt.» Der General salutierte, dann führte man das Grüppchen ins Hauptquartier des Generalstabes, wo sie im Gästetrakt je ein hübsches Einzelzimmer bekamen.

Am nächsten Morgen war um 10 Uhr eine Pressekonferenz angesagt, doch General Hendricks bat die Sergeantin und den Special Officer schon um Acht zu einer Besprechung in sein Büro. Er bestätigte dem Special Officer, dass sich alle Seiten an den ausgemachten Waffenstillstand hielten. Dieser berichtete von der Entdeckung einer weiteren Tasski-Fabrik im Bau und der General ermöglichte ihm, sofort den tago magischen Generalstab davon zu unterrichten. Keine zwanzig Minuten später hob ein Transportflugzeug der Tago Mager mit einer Proto-Bombe an Bord ab. Das Flugzeug erreicht gegen Mittag sein Ziel, warf die Bombe zielgenau und die letzte Bastion der Tasskis war nur noch Rauch und Asche. Bei der Pressekonferenz konnte General Hendricks eine Menge positiver Nachrichten verkünden, wies aber auch auf den Verlust von mehreren terranischen

Soldaten und tago magischen Helden hin. Für den Abend wurde ein grosses Fest verkündet.

General Hendricks eröffnete den Ball persönlich. Er bedankte sich bei jedem Einzelnen der sechs Rückkehrer, hob die Sergeantin Tomer, die Soldatin Too, den Späher Chinxx und die zwei weiteren Tago Mager hervor. Dann prostete er dem Abgesandten der glorreichen Armee von Tago Mago II zu: «Special Officer Konfer hat nicht nur die Vernichtung der letzten Tasski-Bastion erwirkt, sondern auch an der Rettungsaktion für Soldatin Too persönlich teilgenommen. Und dies, nachdem durch sein Verhandlungsgeschick ein Waffenstillstand zwischen allen Seiten zu Stande kam. Ich möchte hiermit einen Toast auf diesen ruhmreichen Offizier der Tago Mago-Armee ausrichten.» Konfer bedankte sich, hielt eine kurze Rede, übergab dann das Wort an Sergeant Tomer: «Meine Damen und Herren, seht geehrte Offiziere, werter Generalstab. Sie sehen mich hier mit einem lachenden und einem weinenden Auge. Ich lache, weil wir alle hier leben, weil wir uns einem neuen Lebensabschnitt mit der Aussicht auf Frieden zuwenden dürfen. Aber ich weine auch, um unsere Kameraden: Korporal Procter, der Gefreite de Boorst, die Soldaten Gimenez und Hoboken, der junge tago magische Späher Kaleroy sowie zwei patriotisch gesinnte ehemalige Tago Mago-Soldaten, Javerson und Tullifera, haben bei der Rettungs-Mission leider ihr Leben im Dienste des Friedens eingebüsst. Deshalb bitte ich Sie alle um eine Schweigeminute für sie, ebenso für alle die zehntausende von Opfern, die in diesem verworrenen Konflikt in den letzten Monaten und Jahren zu beklagen waren.» Tiefe Stille senkte sich über den Saal. Man hörte nur noch leises Klappern aus der Küche, die unmittelbar neben dem Festsaal lag. «Aber feiern wir nun einfach ein Fest auf eine bessere Zukunft für alle.» Die Militär-Kapelle spielte einen Tusch, alle applaudierten und reifen «Bravo» oder «Hurra», dann setzte ein alter terranischer Marsch namens «Chattanooga Choo-Choo» ein und ein rauschender Ball brach sich Bahn

Sergeantin Tomer beobachtete lächelnd, wie die beiden Tago Mager Spexer und Komba bald innigst im gemeinsamen Tanz versunken waren. Sie selber wurde plötzlich vom alten Späher Chinxx aufgefordert und sagte sofort zu. «Was für ein schönes Paar», sagte Konfer zur Soldatin Too. «Übrigens, nenn mich einfach Konf. Wir haben uns doch so gut kennengelernt», und lieben, dachte er hinzu, denn seine Gefühle wurden von ihr schon seit Tagen erwidert. Auch die Sergeantin und Chinxx hatten sich gefunden. Die letzte Nacht war sie zu seinem Zimmer geschlichen, hatte leise geklopft. Er öffnete die Türe einen Spalt und als er sah, wer draussen stand, liess er sie sofort ein. Einen Moment später lagen sie einander schon in den Armen und wälzten sich auf dem weichen Bett herum. Eine so feurige Liebesnacht wie mit ihm hatte Tanja schon seit vielen Jahren nicht mehr erlebt. Der Schmerz um die Verluste floss in ihre Gefühle füreinander mit hinein und liess sie alles noch viel stärker empfinden. Die Sergeantin hatte schon vorher beschlossen, ihren Abschied von der Armee zu nehmen. Sie würde sich mit Chinxx zusammen in dessen Heimat begeben, wo er schon vor Jahren ein stattliches Haus gebaut hatte: «Für mich. Sohn und Enkel. Meine Frau leider tot.» Wieso nicht diesem wunderbaren Mann im Alter noch einen Sohn oder eine Tochter schenken, dachte Tanja. Konf Konfer und Tamara Too sassen gemeinsam auf einer der hübschen Bänke im Park, der zum Offiziersclub der terranischen Truppen auf Tago Mago gehörte. Ihre gegenseitig erwiderten Gefühle füreinander hatten sich im Lauf der letzten Wochen verstärkt. Schon als sie *Gast* beim Generalstab des Gegners gewesen war, erkannte sie seinen offenen und lauteren Charakter. Gewiss, Konfer war sehr ehrgeizig, aber seine Karriere hatte er in erster Linie seinem Wissen und Können, seiner Zielstrebigkeit und seiner Diplomatie zu verdanken. «Wir sollten heiraten», sagte er zu ihr. Sie schwieg. Überlegte dann lange. «Konf, es ist noch zu früh für mich. Ich mag dich sehr, ja ich liebe deine Art; aber meine tieferen Gefühle sind mir selber immer noch ein Rätsel.» Was sie ihm nicht verriet: in seiner Gegenwart spürte sie eine erotische Spannung wie sonst nur bei sich näherenden Tasskis und im Umgang mit diesen mechanischen Geschöpfen. «Lass mir Zeit. Ich habe einen Sonderurlaub erhalten. Werde für ein halbes Jahr abreisen. Keine Angst, nicht nach Terra, nein, der Flug dorthin dauert viel zu lang. Ich nehme mir eine Auszeit auf dem Planeten Tago Mago I. Ich habe mich schon informiert und ein kleines Häuschen am Timbora-See gemietet. Für dich, Konfer, ist dort immer ein Zimmer und auch ein Bett bereit.» Die beiden blickten sich lächelnd an. Dann sagte sie zu ihm: «Komm, wir gehen wieder rein, ich möchte nämlich den heutigen Abend geniessen und die ganze Nacht durchtanzen.» Als sie von der Parkbank hinüber in den Offiziersclub gingen, fanden sich ihre Hände und sie schritten gemeinsam zurück zum Saal mitten hinein in die Klänge der Musik.

SHELDON PARKS BEI PRONG PRESS

Die Riten der Ee-Paa-Nook – 20 erotische Sci-Fi-Stories
Das Leben im Weltall umfasst nicht nur Action, sondern bietet auch Raum für Liebe und erotische Abenteuer. Seien es die magischen Zork-Frauen, mysteriöse Korallen auf Trébichon Majeure, eine Hominiden-Konferenz auf der Erde, amphibische Rituale auf Axos oder die Riten der Ee-Paa-Nook, einem Stamm auf dem unerforschten Planeten Jacobi 12 – mit viel Humor setzt uns Sheldon Parks eine geballte Ladung erotischer Science-Fiction vor! (10/2023)

Das Tasski-Komplott – Roman – Tago Mago Reihe Band 2
Scheinbar gehören die Tasskis zur Vergangenheit oder etwa in die Roboter-Teile-Sammlung des berühmten Malers und Autors R.H.M. Pears. Als der Journalist Noël Reed einige Tage bei ihm verbringt, um Material für ein Porträt des eigenwilligen Künstlers zu sammeln, explodiert im Konferenzzentrum von Ekabar eine tödliche Bombe. Haben sich die totgeglaubten Roboter zurückgemeldet? Oder steckt hinter dem Anschlag eine fremde Macht, die Tago Mago II destabilisieren will? Sheldon Parks blüht in diesem Roman zu grosser Form auf … (Frühjahr 2024)

ALAN COHEN BEI PRONG PRESS

Die Feier der Eidechse – Horror-Sci-Fi-Western
(April 2023; 978-3-906815-49-7)
Wilder Westen, USA: Townes ist auf der Suche nach dem Monster, das sein Leben seit vielen Jahren verdüstert. In der Minenstadt Indian Wells findet er dessen Spur wieder vor. Ry lebt über 100 Jahre später. Auch er wird von grässlichen Visionen geplagt und versucht, deren Ursprung zu ergründen. Unaufhaltsam und mit irrer Logik kommen sich die beiden Protagonisten von Tag zu Tag näher. Ein surrealer Show-Down ist vorprogrammiert … Der Roman basiert auf Jim Morrisons Ballade «The Celebration of the Lezard» und entwickelt einen ganz eigenen Sog …

Die letzte Realität – Science-Fiction-Roman
(Zweite Auflage; 978-3-906815-06-0)
Alan Cohens grandioser Erstling ist ein wahrer Leckerbissen für jeden Sci-Fi-Fan. Noch nie hat bisher ein Schweizer Autor einen so tiefgründigen, dabei aber auch ungemein spannenden Roman in diesem Genre vorgelegt. 2020 wurde der Autor damit auch ins Zürcher Literaturhaus eingeladen …